Matthew Costello
Neil Richards
Cherringham – Ungebetene Gäste

W0415401

Die Serie

»Cherringham – Landluft kann tödlich sein« ist eine Cosy-Crime-Serie, die in dem vermeintlich beschaulichen Städtchen Cherringham spielt. Bislang sind sowohl auf Deutsch als auch auf Englisch vierundzwanzig spannende und in sich abgeschlossene Fälle mit dem Ermittlerduo Jack und Sarah erschienen.

Über die Autoren

Matthew Costello ist Autor erfolgreicher Romane wie *Vacation* (2011), *Home* (2014) und *Beneath Still Waters* (1989), der sogar verfilmt wurde. Er schrieb für verschiedene Fernsehsender wie die BBC und hat dutzende Computer- und Videospiele gestaltet, von denen *The 7th Guest, Doom* 3, *Rage* und *Pirates of the Caribbean* besonders erfolgreich waren. Er lebt in den USA.

Neil Richards hat als Produzent und Autor für Film und Fernsehen gearbeitet sowie Drehbücher für die BBC, Disney und andere Sender verfasst, für die er bereits mehrfach für den BAFTA nominiert wurde. Für mehr als zwanzig Videospiele hat der Brite Drehbuch und Erzählung geschrieben, u.a. *The Da Vinci Code* und, gemeinsam mit Douglas Adams, *Starship Titanic*. Darüber hinaus berät er weltweit zum Thema Storytelling. Bereits seit den späten 90er Jahren schreibt er zusammen mit Matt Costello Texte, bislang allerdings nur fürs Fernsehen.

Cherringham ist die erste Krimiserie des Autorenteams in Buchform.

Matthew Costello

Neil Richards

CHERRINGHAM

LANDLUFT KANN TÖDLICH SEIN

Ungebetene Gäste

Aus dem Englischen von Sabine Schilasky

be THRILLED

beTHRILLED

Vollständige ePub-to-Print-Ausgabe des in der Bastei Lübbe AG erschienenen eBooks Cherringham – Ungebetene Gäste
von Matthew Costello und Neil Richards

beTHRILLED by Bastei Entertainment in der Bastei Lübbe AG

Textredaktion: Arno Hoven
Lektorat/Projektmanagement: Rebecca Schaarschmidt
Covergestaltung: Jeannine Schmelzer
unter Verwendung von Motiven © shutterstock/xpixel, © shutterstock/suns07butterfly, © shutterstock/furtseff, © shutterstock/Andrew Roland, © shutterstock/USBFCO
Satz: readbox publishing, Dortmund
Druck: BoD, Hamburg

ISBN 978-3-7413-0021-9

www.be-ebooks.de
www.lesejury.de

1. Ein wundervoller Abend

Bill Vokes trat hinaus auf den Balkon des Gemeindehauses und betrachtete die weihnachtliche Szenerie.

Es hatte aufgehört zu schneien, und von hier oben sah der Abendhimmel funkelnd und klar aus, da sich die Wolken vorerst verzogen hatten. Überall glitzerten die schneebedeckten Dächer im Schein des aufgehenden Mondes.

Kaminrauch wehte träge aus den Schornsteinen.

Bill atmete das Gemisch herrlicher Düfte ein, die von der High Street aufstiegen: Kiefernharz, Äpfel mit Schokoglasur, Zimt, Glühwein …

Hm, sind das Donuts? Oder vielleicht dieser köstliche deutsche Kuchen? Zum Teufel, wie heißt der noch gleich? Ach ja, Stollen! Ich muss Emily daran erinnern, heute Abend welchen zu kaufen.

Seine Frau mochte diesen Kuchen fast so sehr wie er selbst.

Er sah hinab zur High Street: *Mein Gott, was für ein Anblick von hier oben! Verdammt, der Gemeinderat sollte diesen Balkon das ganze Jahr über öffnen. Wir könnten den Tagesausflüglern ein Vermögen abknöpfen!*

Er stützte die Hände auf die alte Sandsteinbrüstung und ließ seinen Blick über das Dorf wandern.

Der Weihnachtsmarkt erstreckte sich bis hinunter zum Ploughman und der Cherringham Bridge Road, und Bill sah Scharen von Menschen im warmen, orangenen Schein der Lichterketten, die an und zwischen den Buden hingen.

Einheimische, Touristen, Besucher aus anderen Dörfern und überall Kinder, die natürlich mit Schneebällen warfen. (Doch wen kümmerte das? Sollten sie ruhig ihren Spaß haben!) Leute unterhielten sich, lachten, lächelten, hatten Ballons in den Händen, kauften Geschenke, tranken Glühwein und teilten sich Tüten mit glühend heißen Maronen.

Direkt unter sich konnte Bill die Umrisse des diesjährigen Weihnachtsbaums sehen, dessen Lichter noch dunkel waren, aber bald erstrahlen würden.

Zur einen Seite gab sich Cherringhams Laien-Blaskapelle redliche Mühe, *Jingle Bells* zu spielen.

Vor den Musikern tanzte eine Handvoll sehr kleiner Kinder mit jener besonderen Ausgelassenheit, wie sie die Jüngsten zur Weihnachtszeit ergriff.

Bill beobachtete sie verzückt. Hin und wieder verlor eines der Kinder das Gleichgewicht und plumpste in den frischen Schnee, um sich sogleich mit einem aufgeregten Schrei wieder aufzurappeln und weiterzutanzen.

Wieder mal ein perfektes Cherringham-Weihnachten!, dachte er. *Kann das Leben schöner sein?*

Selbstverständlich war es kein Wunder, eine solch überwältigende Menschenmenge hier zu sehen immerhin dürfte es nicht mehr allzu lange dauern, bis die Weihnachtsbeleuchtung feierlich eingeschaltet wurde.

Und danach wurden Geschenke an die Kinder verteilt. Eine vorzeitige Gabe vom Weihnachtsmann! Das Hauptereignis! Seine große Rolle!

Er wusste nicht mehr ganz genau, wann man ihn zum ersten Mal dazu überredet hatte, sich für diesen traditionellen Anlass als Weihnachtsmann zu verkleiden. Sicher könnte dabei auch sein beachtlicher Bauchumfang eine gewichtige Rolle gespielt haben zumindest behauptete das die gute, alte Emily.

Aber er hatte es nie, niemals bereut. Rund zehn Jahre als Cherringham-Weihnachtsmann und mit jedem Jahr machte es mehr Spaß.

»Fantastischer Zulauf, was, Bill?«

Bill drehte sich zu Praveer Singh um. Der Vorsitzende des

örtlichen Rotary Clubs, ein guter Freund von ihm, trat auf den Balkon.

»Oh ja. Jemand da oben passt auf das Wetter auf«, sagte Bill und schüttelte Praveer die Hand.

»Das steht fest«, stimmte Praveer ihm zu. »Wenn es am heutigen Abend nicht mehr schneit, sollten wir eine hübsche Summe zusammenbekommen.«

»An einem Abend wie diesem? Und für solch einen guten Zweck? Wer da nichts geben will, muss schon ein elender Tropf sein.«

»Genau.«

»Die schönste Weihnachtsbeleuchtung in den Cotswolds, schätze ich«, sagte Bill. »Aber mit Todd sind wir ja auch klar im Vorteil der beste Elektriker diesseits von Oxford.«

»Das kann ich nur unterschreiben. Übrigens, hast du ihn gesehen?«

»Er ist eben noch mal runter, um alles zu prüfen«, antwortete Bill. »Ich glaube, er ist wegen der neuen Anlage ein wenig nervös.«

Bill zeigte auf den kleinen Tisch, auf dem ein Laptop und ein Mikrofon lagen.

»Ah, Cherringham wird digital, was?«, entfuhr es Praveer.

»Ich muss gestehen, dass mir der alte Messinghebel fehlt«, sagte Bill. »Dieses Gefühl von Macht, wenn man zuschaut, wie erst der Baum erstrahlt und dann alle anderen Lichter in der ganzen High Street.«

»Mich wundert eher, dass du nie mit erstrahlt bist«, erwiderte Praveer. »Dieser Schalthebel war eine echte Todesfalle.«

»Wenigstens machen wir immer noch den Countdown den kann der Computer bisher nicht«, meinte Bill. »Apropos, wie lange noch?«

Er sah, wie Praveer auf seine Uhr blickte.

»Eine halbe Stunde, zumindest nach meiner. Alles klar bei dir?«

»Keine Sorge, alter Knabe«, antwortete Bill. »Mein Kostüm ist unten im Hausmeisterraum, und ich brauche nur ein paar Minuten, um es überzuziehen.«

»Der Bart auch?«, fragte Praveer. »Brauchst du dabei wirklich keine Hilfe?«

»Ich kenne das alles aus dem Effeff«, entgegnete Bill. »Jahrelange Übung.«

Bill bemerkte noch zwei Gestalten, die durch die offenen Glastüren auf den Balkon kamen.

»Roger! Cecil!«, begrüßte er die beiden. »Was für eine Freude, euch beide zu sehen!«

Eine glatte Lüge, dachte Bill, während er strahlend lächelte.

Roger Reed, Manager der einzigen Bank in Cherringham, hatte Bill wie Dreck behandelt, als er vor vielen Jahren neu in der Stadt war.

Und Cecil Cauldwell der Chef von Cauldwells Fine Properties und ein Snob erster Güte (Emily zufolge) war mehr als herablassend gewesen, als Bill sein erstes Cottage kaufte.

Tja, leben und leben lassen, dachte Bill. *Schließlich ist jetzt Weihnachten …*

»Haben Sie die Zeit im Blick?«, fragte Roger und tippte auf seine Armbanduhr. »Wird ein bisschen knapp für Sie, oder?«

»Das Timing ist entscheidend, wie Sie wissen, Bill«, sagte Cecil neben ihm. »Wir waren noch nie auch nur eine Sekunde zu spät.«

Als würde ich das Dorf enttäuschen, dachte Bill. Dennoch erwiderte er: »Recht habt ihr, Jungs. Ich geh jetzt mal lieber in meine Rolle schlüpfen, was?«

»Hm, ja, na ja«, sagte Cecil und blähte die wabbeligen Wangen noch mehr auf als sonst. »Wir wollen die Kleinen nicht warten lassen.«

Mit einem verstohlenen Zwinkern zu Praveer ging Bill durch die großen Glastüren in den oberen Saal des Gemeindehauses und in Richtung Treppe.

Bill sah in den Spiegel und klebte sich sorgfältig den weißen Rauschebart an.

Der Geruch des Klebstoffs versetzte ihn jedes Mal in seine Schulzeit in West London zurück: in den engen Backstage-Bereich voller Sechzehnjähriger, die äußerst unglaubwürdig als Shakespearesche Könige und Adlige kostümiert waren.

Fünfzig Jahre ist das schon her, dachte er. *Kaum zu glauben.*

Er griff nach unten in den Kostümkarton, nahm die große rote Mütze mit dem weißen Pelzrand und der dazu passenden Troddel heraus und setzte sie sich vorsichtig auf die weiße Perücke.

Dann trat er einen Schritt zurück und begutachtete sich.

Nicht schlecht. Vielleicht ein bisschen … weit.

Er richtete das Polster unter dem roten Kittel und zog den Gürtel enger.

»Ho, ho, ho!«, sagte er.

Na also! Perfekt.

Er prüfte, ob die weißen Handschuhe in seiner Hosentasche waren, dann sah er auf die Uhr. Zwanzig vor sechs.

Hm, dachte er, *gerade noch genug Zeit für eine Zigarette … vor allem außer Sichtweite von Emily.*

Er holte sein Feuerzeug aus der Jackentasche und eine einzelne Zigarette aus der Schachtel heraus. Dann verließ er den Lagerraum des Hausmeisters und ging den Flur hinunter. Vom letzten Jahr her kannte er die kleine Tür, die sie dort für Lieferungen nutzten. Hoffentlich war sie nicht abgeschlossen.

An der Tür hob er den Riegel und zog fest daran.

Ja!

Er öffnete die knarrende Tür und ging hinaus auf den Gehweg.

Hier, weit weg vom Trubel, war es sehr still.

Ein schöner Moment.

Er achtete darauf, nicht die Tür hinter sich zu schließen.

Ich will ja nicht hier draußen festsitzen, wenn die Show losgeht!

Er steckte sich die Zigarette in den Mund, zündete sie an und blickte sich um. Der Dorfplatz lag im Dunkeln; die Straßenbeleuchtung war abgeschaltet worden, um den Moment hervorzuheben, wenn die Weihnachtsbeleuchtung anging vom einen Ende der High Street bis hinunter zum anderen.

Aber die muss ich erst mal einschalten!, dachte er.

Das Bell Hotel gegenüber war natürlich schon hell erleuchtet, und auch aus dem Angel auf dieser Seite schien etwas Licht heraus.

Ein Jammer, dass ich da jetzt nicht ein schnelles Pint trinken kann.

Sobald ich alle Geschenke verteilt habe, muss ich mich runter in den Ploughman schleichen …

An diesem Ende der High Street standen keine Buden; hier parkten lediglich die zahlreichen Transporter der Standbetreiber.

Bill stand ganz allein hier, was es umso unvorstellbarer machte, dass gleich auf der anderen Seite des Gemeindehauses solcher Trubel herrschen würde.

Er nahm noch einen Zug von seiner Zigarette und blies den Rauch in die Abendluft. Die Kälte ließ ihn frösteln, denn aufgrund des klaren Himmels fielen die Temperaturen noch weiter.

Bill gönnte sich einen Moment, um die Straße und den Gehweg mit dem festgefahrenen und getretenen Schnee zu betrachten, dessen Eiskristalle in dem Licht glitzerten, das aus dem Pub fiel.

Es war noch mehr Schnee angesagt worden, doch bisher hielt sich das klare Wetter.

Bei diesen Straßenverhältnissen möchte ich heute Abend nicht fahren müssen, dachte er.

Wie aufs Stichwort kroch ein Transporter die High Street in Richtung Gemeindehaus entlang und bog langsam auf den Platz ein.

Bill beobachtete, wie er näher kam und direkt vor ihm anhielt. Der Motor tickte leise.

Muss ein Nachzügler sein, der die Feierlichkeiten miterleben will.

Sollte sich lieber beeilen …

Die Autoscheiben waren von innen beschlagen, sodass Bill nicht erkannte, wer in dem Wagen saß.

Er wartete, dass der Transporter weiterfuhr, was er jedoch nicht tat.

Sucht der jetzt nach einem Parkplatz? Na, viel Spaß!

Er blickte auf seine Uhr.

Zehn vor sechs. Es wurde Zeit, zurück auf den Balkon zu gehen Zeit für seinen dramatischen Auftritt: Er würde der jubelnden Menge zuwinken, den neuen Knopf für die Lichter drücken und so die Weihnachtszeit in Cherringham offiziell einläuten.

Die Zigarette kann ich aber noch aufrauchen. In meinem Alter hetzt man nicht bei den kleinen Freuden des Lebens …

Also zog er abermals an der Zigarette und sandte einen formvollendeten Kringel aus Rauch zum Abendhimmel.

2. Der Baum wird erleuchtet

»Wie wäre es mit noch einem Glühwein?«, fragte Sarah und ging Jack voraus auf die warmen Lichter der Bude zu.

»Klar«, antwortete er und folgte ihr durch die wuselnde Menge. »An einem Abend wie heute kann ich gut noch eine warme Schicht vertragen.«

Er wartete vor dem Stand, während Sarah die Getränke bezahlte. Die Bedienung die Jack von ihrem Tagesjob im Sandwich-Laden wiedererkannte füllte mit einer Kelle den Glühwein aus einem riesigen Kessel in winzige Styroporbecher. Sarah reichte ihm einen.

Komisch, dass die hier in England alle Getränke in Hobbit-Größe reichen, dachte Jack.

»Cheers«, sagte er und nippte vorsichtig an dem kochend heißen Gebräu.

»Cheers«, antwortete Sarah.

»Wow, das tut gut!«

Eine Minute lang blieben sie am Rand des Gedränges stehen, tranken ihren dampfenden Glühwein und ließen die Atmosphäre auf sich wirken.

Jack war schon bei einigen dieser Veranstaltungen gewesen, seit er hier lebte, doch jedes Jahr wirkten sie größer und schienen mehr Leute anzuziehen. Zwar kannte er viele Gesichter in der Menge, doch es mussten mehr Besucher als jemals zuvor von außerhalb gekommen sein.

Der rege Betrieb an den Buden und die vielen weihnachtlich gestimmten Menschen auf der Straße sorgten für eine großartige Stimmung.

Und das Tüpfelchen auf dem i war, dass zwei Tage ununterbrochener Schneefall alles in eine Szene aus einem Dickens-Roman verwandelt hatte.

Wie vollkommen anders als Bay Ridge in Brooklyn, dachte Jack.

»Na komm, du Träumer«, sagte Sarah schmunzelnd. »Wir wollen die Zeremonie doch nicht verpassen.«

»Es sieht aus wie eine Filmkulisse, oder?«

»Stimmt«, antwortete sie. »Ich sollte es nicht für selbstverständlich nehmen.«

»Du hast Glück, an einem Ort wie diesem Kinder großzuziehen.«

Er sah, wie sie lächelnd nickte.

»Ich glaube, als sie diese Veranstaltung zum ersten Mal so groß aufzogen, mit den Buden und allem, war Chloe sieben. Daniel muss ungefähr fünf gewesen sein. Er hockte im Schnee neben dem Baum und wollte partout nicht von dort weggehen, ehe der Weihnachtsmann kam, um Geschenke zu verteilen.«

»Sind die Kinder heute Abend hier?«

Wie die Zeit vergeht, dachte Jack.

»Irgendwo, ja. Chloe hilft beim Verkauf der Tombola-Lose, und Daniel ist mit seinen Freunden unterwegs. Ich vermute, die versuchen, an einem der Stände ein Bier zu ergattern.«

»Tja, wahrscheinlich finden sie die Zeremonie, bei der die Weihnachtsbeleuchtung eingeschaltet wird, nicht mehr ganz so spannend ich hingegen schon«, sagte Jack.

»Ich auch«, pflichtete Sarah ihm bei. »Und übrigens müssen wir uns jetzt auf den Weg zum Gemeindehaus machen.«

Sie drehte sich um und bahnte sich einen Weg durch das Gedränge. Jack blieb dicht hinter ihr.

Als sie vor dem Gemeindehaus ankamen, hatte sich dort schon eine beachtliche Menge eingefunden.

Sarah erkannte einige der jüngeren Mütter aus dem Dorf wieder. Wie es aussah, wartete hier die halbe Cherringham Primary School auf den Weihnachtsmann. Überall waren aufgeregte Kinder: Sie plapperten, spielten, hüpften auf und ab oder schlitterten über den hart gefrorenen Schnee.

Und obwohl Jack und sie in dem dichten Gedränge nicht näher herankamen, war der Balkon auch aus ihrer Warte gut zu sehen.

»Ist es hier okay?«

»Bestens«, antwortete Jack. »Wie lange noch bis zum Countdown?«

»Ein paar Minuten.«

Sie sah, wie Jack zum Balkon, zu den Leuten und schließlich wieder zu ihr blickte.

»Meinst du?«, fragte Jack. »Die da oben sehen nicht aus, als wären sie bereit.«

Sarah schaute hinauf zum Balkon. Dort schien wirklich nicht alles reibungslos zu laufen.

Normalerweise müssten ungefähr jetzt der Bürgermeister und der Vorsitzende des Rotary Clubs jeweils eine kurze Ansprache über den guten Zweck in diesem Jahr halten und sich bei allen Organisatoren bedanken.

Danach sollte der Weihnachtsmann vortreten, während alle jubelten und warteten, dass die Kirchenglocken zu läuten begannen. Sie wären das Zeichen für den Countdown, an dessen Ende die Lichter angingen und der Spaß begann.

Doch inzwischen war es bereits zwei Minuten vor sechs, und die Reden hatten noch nicht mal angefangen.

Sarah sah Praveer, den Freund ihres Dads, oben auf dem Balkon in ein Gespräch mit einigen anderen Rotariern vertieft. Hin und wieder verschwanden Leute in dem Haus, um wenig später wild gestikulierend zurück auf den Balkon zu kommen.

Irgendwas stimmt da nicht, dachte Sarah.

Sie entdeckte Todd Robinson, den Elektriker, der für die Technik zuständig war. Er stand an der Seite, hatte die Arme verschränkt und beobachtete das Durcheinander.

Der Elektriker machte den Eindruck, als wäre bei ihm alles startklar. Also gab es hier offensichtlich kein Problem mit den Lichtern.

»Was kann denn da los sein?«, fragte Sarah.

»Ich denke, das werden wir gleich erfahren«, erwiderte Jack.

Sarah sah, wie Cecil Cauldwell ans Mikrofon trat und einmal dagegentippte.

»Meine Damen und Herren!« Er räusperte sich und blickte außergewöhnlich unsicher drein. »Ich bitte, ähm, vielmals um Entschuldigung für die kleine Verzögerung heute Abend. Wir haben geringfügige technische Probleme, weshalb ich befürchte, dass das Geschenkeverteilen vom Weihnachtsmann nach der Weihnachtsbeleuchtungszeremonie leider ausfallen muss.«

Ein Stöhnen ging durch die Menge. Sarah drehte sich zu Jack, der den Kopf schüttelte und mit den Schultern zuckte.

Um sie herum standen lauter enttäuschte Eltern und Kinder, die diese unerwartete Neuigkeit nicht gut aufnahmen.

»Danke, danke«, sagte Cecil laut ins Mikrofon. Er bemühte sich eindeutig, die Menge mittels Stimmgewalt zu beruhigen. »Nun, ähm, die Nachrichten sind nicht nur schlecht. Sicher wird es Sie alle freuen zu hören, dass es eine kleine Abweichung vom bisherigen Prozedere gibt und nun der Bürgermeister persönlich die wunderschöne Weihnachtsbeleuchtung von Cherringham einschalten wird. Ist das nicht großartig? Und hiermit, meine Damen und Herren, übergebe ich an den Bürgermeister!«

Keine Reaktion von den Zuschauern.

Der Bürgermeister anstelle des Weihnachtsmanns? Der ist ja wohl keine ernst zu nehmende Konkurrenz!

»Das wird gar nicht toll ankommen«, murmelte Jack.

Sarah beobachtete, wie der Bürgermeister ans Mikrofon trat, es antippte und gewichtig hüstelte: »Ähäm! Ähäm!«

»Oh Gott!«, stöhnte Sarah. »Bitte nicht der Bürgermeister! Jetzt stehen wir den ganzen Abend hier.«

»Kein Fan von ihm?«, fragte Jack grinsend.

Sarah lachte. »Mein Dad ist der Ansicht, dass man ihn absetzen sollte.«

»Meine Damen und Herren«, begann der Bürgermeister. »Es ist mir das allergrößte Vergnügen, mich heute Abend durch gewisse Umstände in der Position wiederzufinden, mich direkt an Sie wenden zu dürfen noch dazu bei diesem überaus festlichen Anlass für die Menschen in Cherringham …«

Ehe er mehr sagen konnte, läuteten zum Glück die Glocken von St. James, und die Menge setzte sofort mit dem Countdown ein.

»Zehn! Neun! Acht!«

Ganz so schnell wollte sich der Bürgermeister nicht geschlagen geben. Er erhob die Stimme, und es gab eine Rückkopplung, als er sich zu dicht ans Mikrofon beugte. »Es sind heute Abend so viele hier, denen ich danken möchte. Menschen, die einiges …«

»Hätte ich doch bloß meine Kamera dabei«, sagte Jack. »Meine Tochter würde so etwas zu gerne sehen.«

Das laute Zählen der Leute hatte den Bürgermeister endgültig übertönt, und Sarah sah ihm an, dass er aufgab.

»Sieben! Sechs! Fünf!«

»Die Freuden der Kleinstädter, meinst du?«, fragte Sarah.

»Vier! Drei! Zwei!«

»Ja, die sind überall auf der Welt gleich«, antwortete Jack lächelnd. »Und doch ist es hier irgendwie anders …«

»Eins!«

Nun zuckte der Bürgermeister oben auf dem Balkon mit den Schultern und nickte Todd zu, der irgendwie einen Schalter betätigte und schon schienen die Lichter am Weihnachtsbaum in einem prächtigen Farbenrausch auf. Winzige Schneekristalle in der Luft und auf dem Boden fingen das bunte Leuchten ein.

»Ooooh!«, ertönte es aus der Menge, und alle applaudierten jubelnd.

Dann gingen eine nach der anderen die bunten Lichterketten auf der High Street an, und sämtliche Dekorationen wurden erhellt: Rentiere, Kerzen, Tannenbäume und Sterne erstrahlten vom unteren Ende der High Street angefangen, um das Gemeindehaus herum und dann bis zum Dorfende.

»Was für eine Show! Das macht die ausgefallenen Geschenke wieder wett, oder?«, fragte Jack.

»Fürs Erste. Aber ich schätze, dass es noch eine Menge Tränen und heikle Fragen geben wird, ehe die Leute heute Abend ihre Kinder im Bett haben«, sagte Sarah. »Sicher werden sie stattdessen Geschenke beim Weihnachtskonzert nächste Woche verteilen. Die Frage ist allerdings: Was ist hier schiefgegangen?«

»Ich glaube, darauf weiß ich die Antwort.«

»Ach ja?«

»Jemand ist nicht erschienen.«

»Ja, klar, unser Weihnachtsmann«, konstatierte Sarah, die nun begriffen hatte, worin die »kleinen technischen Probleme« tatsächlich bestanden. »Aber warum ist er nicht gekommen?«

»Tja, das ist die Frage.«

»Ich nehme an, dass wir die Antwort darauf bald hören werden«, vermutete Sarah. »Dad gibt hinterher noch Drinks im Angel aus. Er sitzt im Komitee, daher dürfte er Bescheid wissen.«

»Im Angel? Wie nett. Worauf warten wir dann noch?«, rief Jack. »Gehen wir das Rätsel knacken.«

Mit diesen Worten nahm er Sarah beim Arm und lenkte sie durch das Gedränge.

Jack schob die Tür zum Angel auf und drängte sich durch die Menschenmenge in Richtung Bar. Sarah blieb direkt hinter ihm.

»Was nimmst du?«, fragte er, als sie endlich an der Theke waren und bestellen konnten.

»Ein Pint Hooky, bitte.«

»Gute Idee. Das nehme ich auch.«

Jack bestellte von dem hiesigen Ale, bevor er sich im Pub umblickte.

Drüben in einer Ecke sah er Michael, Sarahs Vater, inmitten einer kleinen Gruppe. Wie es schien, fand dort ein heftiges Streitgespräch statt.

Jack winkte Michael zu und erhielt ein ernstes Nicken zur Antwort.

»Bleiben wir lieber erst mal hier«, sagte Jack, nachdem er ihre Biere bezahlt hatte. »Wie es aussieht, gibt dein Dad gerade den Schiedsrichter.«

»Zum Wohl, Jack!« Sarah nahm das Glas, das er ihr hinhielt. »Hm, das sind die hohen Tiere vom Rotary Club. Cherringhams reiche Wohltäter.«

Jack beobachtete, wie Michael sich mit einem verlegenen Lächeln von der Gruppe löste. Er kam zu ihnen, schüttelte Jack die Hand und umarmte Sarah zur Begrüßung.

»Hat euch die Show gefallen?«, fragte er.

»Die Lichter sind wunderbar«, antwortete Jack.

»Aber …«, sagte Sarah.

»Wo war der Weihnachtsmann?«, half Michael ihr aus.

»Sein Fehlen war schlecht zu übersehen.«

»Tja, das ist eine gute Frage.«

»Willst du es uns nicht verraten, Michael?«, forderte Jack ihn auf.

»Ach Gott, wenn ich nur könnte! Tatsache ist, dass er kurz vor der Zeremonie noch da war, und plötzlich war er … verschwunden.«

»Wirklich?«, fragte Jack. »Dann *war* er also heute Abend da?«

»Oh ja. Er hat die Probe mitgemacht, die Geschenke überprüft, ist die Technik mit Todd durchgegangen alles.«

»Und was ist passiert?«

»Na ja, ich war nicht im Gemeindehaus, sondern im Büro, um noch einigen Papierkram zu erledigen. Aber Praveer erzählte mir, dass Bill nach unten gegangen sei, um sein Kostüm anzuziehen, und … einfach nicht zurückkam.«

»Haben sie nach ihm gesucht?«, wollte Sarah wissen.

»Oh ja. Sie haben sofort einen Suchtrupp losgeschickt wie es sich anhört, war der allerdings ein bisschen chaotisch organisiert.«

»Und keine Spur vom Weihnachtsmann?«

»Nein, nichts. Er hatte sich eindeutig sein Kostüm angezogen, denn seine normalen Sachen hingen unten. Und dann … ist er verschwunden.«

Jack stellte sein Glas auf den Tresen.

Interessant.

Diese Geschichte entwickelte sich wirklich zu einem Rätsel.

»Warte mal kurz. Heißt das, er ist in seinem Weihnachtsmannkostüm gewesen, und trotzdem hat ihn keiner gesehen?«

Was für ein verrückter Gedanke.

»Anscheinend nicht. Zumindest bisher nicht«, antwortete Michael. »Das ist seltsam, oder?«

Jack sah Sarah an, die ihrerseits ihn mit der gleichen Besorgnis anblickte, die er plötzlich empfand.

»Wer genau ist denn der Weihnachtsmann?«, erkundigte sich Jack.

Michael lachte. »Willst du etwa behaupten, dass du nicht an den Weihnachtsmann glaubst, Jack?«

»Na, nach ein paar von denen hier könnte es schon sein«, sagte Jack und nickte zu seinem Pint Hook Norton.

Michael lachte wieder. »Bill Vokes ist schon seit Jahren unser Weihnachtsmann. Kennst du ihn?«

»Nein; nicht, dass ich wüsste. Und sonst ist er immer verlässlich gekommen?«

»Oh ja. Er hat uns noch nie versetzt. Obwohl der gute, alte Bill nun ja, er kann schon ein bisschen …«

Jack beobachtete, wie Michael sich umblickte, als wollte er sich vergewissern, dass sie nicht belauscht wurden. Danach erst fuhr er fort.

»Die Sache ist die: Ich mag Bill sehr. Er ist ein feiner Kerl. Witzig, immer guter Dinge, ihr wisst schon und so großherzig. Jedes Jahr spendet er Hunderte für wohltätige Zwecke. Immer verfügbar, immer hilfsbereit. Aber …«

Michael verstummte auf einmal. Jack sah ihn daraufhin abwartend an und blickte schließlich auch kurz zu Sarah, die mittlerweile genauso gut wie er wusste, dass Schweigen manchmal die beste Methode war, anderen ihre wahren Gefühle zu entlocken.

»Bill ist es völlig schnurzegal, was andere von ihm denken. Er schert sich nicht um Konventionen und kann bisweilen ein wandelndes Pulverfass sein. Versteht ihr, was ich meine? Bei den Golfausflügen ist Bill zum Beispiel immer der Letzte, der sich von der Bar trennen kann. Dann wiederum muss man nach ihm suchen und stellt schließlich fest, dass er schlichtweg schon fortgegangen ist. Schwups, einfach so! Wir machen schon Witze darüber Bill hat sich mal wieder weggezaubert und so. Sehr witzig.«

»Und wohin verschwindet er wenn er sich wegzaubert?«, hakte Sarah nach.

»Wer weiß!«, sagte Michael. »Ein Techtelmechtel vielleicht? Andererseits höre ich immer, dass er und seine reizende Frau Emily ein sehr glückliches Paar sind.«

»Könnte es nicht sein, dass er bloß gerne … für sich ist?«, fragte Jack. »Manchmal geht es mir auch so. Gerade noch unterhalte ich mich nett in einem gut besuchten Pub, und im nächsten Moment wird mir bewusst, dass es Zeit ist, nach Hause zu gehen und mich aufs Ohr zu hauen.«

»Ja, das ist mir auch schon aufgefallen«, merkte Sarah grinsend an.

»Oh nein, und ich dachte, es würde keiner merken!« Jack lachte.

»Könnte sein«, sagte Michael. »Nur klingt das überhaupt nicht nach dem Bill, den ich kenne.«

»Du hast anklingen lassen, dass er ziemlich trinkfreudig ist, nicht wahr?«, fragte Jack.

»Und wie!«, antwortete Michael. »Also, er ist kein Säufer, so auch nicht. Er ... hebt lediglich gerne mal einen, ist gern unter Leuten und amüsiert sich.«

»Wäre es denkbar, dass es ihm heute Abend auf einmal zu viel wurde, im Rampenlicht zu stehen?«, fragte Sarah. »Dass er es sich anders überlegt hat?«

»Denkbar wäre alles. Aber ich kann euch verraten, dass die da drüben« Jack sah, wie Michael zu den Rotariern nickte »ihn allesamt am liebsten rausschmeißen würden. Sie finden, dass er zu weit gegangen ist. Angeblich hat er den Club in Verruf gebracht. Und ich muss zugeben egal, aus welchem Grund er weg ist , dass es mir selbst schwerfällt, ihm zu verzeihen.«

Jack dachte über Michaels Worte nach. Zunächst hatte die Geschichte vom vermissten Weihnachtsmann nach einem harmlosen Fall von einem Pint zu viel geklungen.

Nun sagte ihm sein Gefühl, dass hier noch etwas anderes sein könnte.

Etwas ganz und gar nicht Harmloses.

Menschen verschwinden nicht einfach.

Er sah zu Sarah, die ebenfalls nachdenklich wirkte.

»Was meinst du, Sarah?«, fragte er.

Sie überlegte kurz, bevor sie antwortete: »Ich weiß es nicht, Jack, aber irgendwas kommt mir komisch vor.«

»Mir auch«, pflichtete Jack ihr bei. Dann wandte er sich zu Michael um. »Ist noch jemand drüben im Gemeindehaus?«

»Jetzt? Hm. Wahrscheinlich ist Todd noch da.«

»Hat er die Schlüssel zu allen Räumen?«

»Müsste er haben«, antwortete Michael. »Warum?«

Jack leerte sein Pint und stellte das Glas auf den Tresen.

»Tja, weil deine Rotarier offenbar ziemlich wild darauf sind, es als einen weiteren Fall von Bills Eigenart abzutun, auf ›magische Weise‹ zu verschwinden. Noch dazu bei einem Anlass, bei dem sein Verschwinden sehr ärgerlich ist. Aber die Geschichte kaufe ich ihnen nicht ab.«

»Woran denkst du, Jack?«

»Na ja, was wäre, wenn Bill plötzlich krank wurde? Er könnte einen Herzinfarkt, Schlaganfall oder sonst was gehabt haben.«

»Mein Gott«, sagte Michael, »du hast recht! Sie waren alle so sehr damit beschäftigt, über ihn herzuziehen, dass wohl keiner etwas anderes in Betracht gezogen hat.«

»Warte mal, dann könnte er jetzt noch irgendwo im Gemeindehaus sein noch dazu schwer krank?«, fragte Sarah.

»Geht bitte beide sofort dahin«, forderte Michael sie auf. »Ich trommle ein paar Leute zusammen. Wie ungeheuer dumm von mir, dass ich nicht selbst darauf gekommen bin.«

»Lieber spät als nie, Michael«, tröstete Jack ihn. »Komm mit, Sarah.«

Damit ging er zur Tür und hoffte dabei, dass er mit seiner Vermutung falschlag.

Er wünschte dem Weihnachtsmann Bill ehrlich, dass er nicht krank war … oder sich noch Schlimmeres ereignet hatte.

3. Ein leerer Raum

Sarah beobachtete, wie Todd Robinson den Schaltkasten öffnete und sämtliche Lichtschalter auf »on« kippte.

»Okay. Das sind die drei Etagen und der Keller. Alles hell erleuchtet«, sagte er.

Er schloss die Tür zum Schaltkasten, wischte sich die Hände an einem Lappen ab und wandte sich zu ihnen um.

»Ich hoffe, ihr irrt euch. Bill ist ein netter Kerl, und es wäre unsere Schuld, hätten wir ihn hilflos irgendwo liegen gelassen.«

»Dad bringt noch mehr Leute her, Todd«, erklärte Sarah. »Vielleicht fangen wir an den Orten an, die naheliegend sind. Wo wurde er zuletzt gesehen?«

»Im Lagerraum des Hausmeisters«, antwortete Todd. »Da hat er sein Kostüm angezogen.«

»Zeigst du uns, wo das ist?«, bat Jack.

»Sicher.«

Sarah und Jack folgten Todd durch den großen Korridor zur Treppe nach unten.

Die Treppe endete unten in einem Flur, von dem das Büro des Gemeindehauses sowie kleine Sitzungsräume abgingen. Sarah kannte diese Räumlichkeiten sehr gut. Nachdem sie sich kurz umgeschaut hatten, führte Todd sie weiter nach hinten, wo die Lagerräume und die kleine Küche waren, die sie bei Veranstaltungen nutzten, um Tee und Kaffee zu kochen. Kurz vor der Küche teilte sich der Flur. Nach rechts ging der Küchenbereich ab, doch Todd eilte nach links, wo der Korridor so eng wurde, dass Sarah schon vermutete, er würde bei einer Art von Wandschrank enden.

Todd blieb vor einer offenen Tür stehen. Als die beiden anderen zu ihm traten, führte er sie in einen Raum hinein, der dem Hausmeister als Lager dienen musste.

Jack und Sarah blickten sich einige Sekunden stumm um.

Wie die meisten solcher Räume zumindest stellte Sarah es sich so vor enthielt auch dieser ein Sammelsurium an unterschiedlichsten Dingen: lauter Werkzeuge und Ersatzteile, die das alte Gebäude am Laufen hielten.

Jedes Jahr wurde im Gemeinderat darüber diskutiert, dass das ganze Haus dringend grundrenoviert werden müsste. Und jedes Jahr wieder erwiesen sich die Kosten als viel zu furchteinflößend. Dieser Raum jedenfalls sah wie die sprichwörtliche Brandfalle aus.

»Ganz schön eng«, stellte Jack fest, was im Grunde überflüssig war; andererseits dürfte er die Enge bei seiner Größe ganz besonders stark empfinden.

Todd nickte.

»Wenn ihr mich fragt, bin ich schon erstaunt, dass hier überhaupt irgendwas funktioniert. Sam, der Hausmeister, tut, was er kann. Aber auf so vollgepacktem Raum …«

»Gibt es keinen Keller?«, fragte Jack.

»Keinen richtigen. Es handelt sich eher um einen ›Kriechkeller‹, und er ist uralt. Da unten haben sie früher Kostüme und Instrumente gelagert, aber nach der Flut vor über fünfzehn Jahren …«

An die erinnerte Sarah sich noch gut!

Solch ein Unwetter hatte Cherringham noch nie zuvor erlebt. Der heftige Orkan drohte die mächtigen Bäume zu entwurzeln, die jedoch größtenteils den Sturmböen trotzten. Dazu hatte es unablässig geregnet, sodass der Fluss über die Ufer trat und das Umland weit über die Wiesen hinaus überschwemmte.

Und sogar dieses Gebäude, das sich im höher gelegenen Teil des Dorfes befand, wurde von den Wassermassen beschädigt, die von oben kamen …

Was für Schlammmassen …

»Danach wurde alles in das obere Stockwerk getragen. Einige Sachen wurden sogar bei Leuten zu Hause untergebracht, weil hier nicht genug Lagerplatz ist.«

Dann sah Sarah die drei Kleiderhaken, die nebeneinander angebracht waren. An dem einen hing die Jeans von Bill, an dem anderen ein Flanellhemd, ein Pulli und eine Jacke.

Als hätte er vorgehabt, direkt nach seinem großen Auftritt wieder hier runterzukommen, sich umzuziehen und zu seinem normalen Leben zurückzukehren.

Nur war das heute Abend nicht geschehen.

Sarah ging hinüber zu den Haken.

Direkt unter den Kleidungsstücken von Bill standen seine Schuhe auf dem Boden.

Klar, als Weihnachtsmann müsste er noch seine blanken schwarzen Stiefel tragen.

Beim Anblick der von den Haken herunterhängenden Kleidungsstücke und der wartenden Schuhe hatte es tatsächlich den Anschein, als wäre Bill Vokes einfach so verschwunden.

Sarah drehte sich zu Jack um.

»Wir sollten in die Taschen sehen«, sagte sie.

Jack nickte, kam zu ihr, und gemeinsam durchsuchten sie Bills Klamotten.

»Brieftasche, etwas Kleingeld.« Sarah hielt ihm hin, was sie gefunden hatte. »Ein Schlüsselbund. Hausschlüssel, wie es aussieht.«

Sie sah Jack an.

»Eine Schachtel Zigaretten«, sagte er und zeigte sie ihr.

»Sonst nichts?«, fragte Sarah. »Kein Handy?«

Er schüttelte den Kopf und öffnete behutsam die Zigarettenschachtel.

»Ganz frische Packung. Es fehlt nur eine.«

Dann roch er an der Schachtel.

»Menthol«, stellte er fest. »Ich wusste gar nicht, dass die noch jemand raucht.«

»Ha, Bill muss wohl der Letzte sein«, meinte Todd.

»Glaubst du, wir sollten all das Zeug wieder in die Taschen zurückstecken?«, fragte Sarah.

»Behalten wir es einstweilen bei uns«, antwortete Jack. »Falls Bill diese Nacht noch aufkreuzt, kann er sowieso nicht wieder hier reinkommen.«

Sarah reichte ihm die Brieftasche, die Schlüssel und das Kleingeld und schaute zu, wie Jack all das in die riesigen Taschen seines großen Wintermantels steckte.

Jack begann sich im Raum umzusehen, und Sarah half ihm bei der Durchsuchung. Sie hob einige zusammengerollte Kabel aus einem Regal (wahrscheinlich alte Lampenschnüre) und öffnete die Lade eines quietschenden Aktenschranks, deren klappernder und klimpernder Inhalt nach Nägeln, Schrauben und Muttern klang.

In einer Ecke lehnten Wischmops und Besen, und nahe der Tür stand ein Industriestaubsauger.

Als sie all dies hier sah und sich vorstellte, wie Bill sich in diesem Raum sein Weihnachtsmannkostüm anzog die Stiefel, der weiße Rauschebart …

Hatte sie eine Frage.

»Todd, sind der Gang und der Raum hier hinten eine Sackgasse?«

Er blickte zur Seite, als müsste er über die Antwort nachdenken.

»Ähm, ganz sicher bin ich mir nicht, aber ich glaube, es gibt noch eine Seitentür für Lieferungen und so, draußen auf dem Flur.«

Sarah sah Jack an.

»Werfen wir mal einen Blick auf die«, sagte er.

Der schmale Seitenflur machte eine Biegung zur einen Seite, dann zur anderen, führte an einer kleinen, vollgeräumten Toilette vorbei und endete schließlich vor zwei Türen.

Eine von ihnen öffnete Todd, und zum Vorschein kam ein Wandschrank voller Kram. Darin war kein Fitzelchen Platz mehr. Die andere Tür jedoch, in deren oberer Hälfte es zwei schmutzige kleine Fenster gab, war eindeutig ein Ausgang.

Und diese Tür steht tatsächlich einen Spaltbreit offen.

Todd wollte sie ganz öffnen, doch Jack streckte rasch die Hand aus und berührte seinen Arm.

»Warte mal kurz, Todd.«

Der Elektriker drehte sich mit der Hand am Türknauf zu ihm um.

Natürlich war Sarah bereits klar, worauf Jack hinweisen wollte.

»Was ist?«, fragte Todd.

Jack sah Sarah direkt an. Bei der Ermittlungsarbeit waren ihre Gedanken inzwischen so aufeinander abgestimmt, dass sie beide dies hier wortlos registrierten, auch wenn sie noch nicht recht wussten, was es zu bedeuten hatte.

»Die Tür ist offen.«

»Ich vermute, das passiert schon mal«, erwiderte Todd. »Bei einer Windböe zum Beispiel. Da draußen kann es manchmal ganz schön pusten.«

Stimmt, dachte Sarah. *Und jemand lässt seine normale Kleidung hier drinnen hängen und verschwindet mal so eben in einem leuchtend roten Weihnachtsmannkostüm.*

Passiert so was auch schon mal?

Sarah blickte zu Jack. »Meinst du, er ist hier rausgegangen?«

Er nickte. »Und ließ die Tür vielleicht einen Spalt offen, damit er wieder reinkonnte.«

Sarah betrachtete die leicht geöffnete Tür, durch die ein wenig Schnee hereingeweht war, der nun auf den alten Holzdielen schmolz.

»Aber der Boden ist ziemlich trocken«, sagte sie. »Also kann er nicht wieder reingekommen sein.«

»Scheint so.«

Und Todd, der mit ihnen in dem engen Flur neben der Tür stand, musste jetzt lachen.

»*Ihr beide!* Ich habe ja schon eine Menge darüber gehört, wie ihr Sachen rausbekommt. Richtige Detektivarbeit. Aber ist echt witzig, das live mitzuerleben!«

Jack grinste.

»Wie sagt Sherlock Holmes immer? Es ist ›die Methode der Deduktion‹, Todd. Na gut, gehen wir draußen nachsehen.«

Er nickte dem Elektriker zu und zog die Tür auf. Mit der Zugluft wurde Schnee hereingeblasen.

Dann trat Todd beiseite, damit Jack vorausgehen konnte.

4. Ein Blick auf den Schnee

Sarah war nur wenige Schritte hinter Jack, als er stehen blieb und sich zu ihr umdrehte.

»Hier ist nicht besonders viel Licht.«

Und Todd, der sich mittlerweile fast ein bisschen wie ein Mitglied des Teams fühlte, bot sofort an: »Ich hole eine Taschenlampe.«

Dann war er auch schon weg …

»Sarah, hier hinten, kurz bevor die Weihnachtsbeleuchtung eingeschaltet wurde, war doch sicher niemand sonst, oder?«

»Nein, alle müssen vorne vorm Haus gewesen sein. Ausgenommen Bill, der sich für seinen großen Auftritt bereitgemacht hatte.«

Tom kehrte zurück und reichte Jack eine lange silberne Taschenlampe, die sobald Jack sie angeschaltet hatte einen großen Lichtkegel erzeugte.

Sarah tat es Jack gleich und stellte sich wie er nur wenige Schritte vom Ausgang entfernt hin. Mit der Lampe leuchtete Jack erst die Tür und dann den Bereich auf dem Boden langsam ab.

Anfangs sah Sarah nichts als eine weiche weiße Schneedecke. Diese wurde nun allerdings etwas dicker, weil offenbar der Wind wieder auffrischte und Schnee herüberwehte. Auf dem Parkplatz, der zur Hälfte mit Transportern vollstand, war der Schnee schmutzig und grau.

Aber dann …

Sie berührte Jack am Arm, und er hörte sofort auf, die Taschenlampe hin und her zu schwenken.

»Warte mal. Siehst du das da?«

Sie zeigte auf den Gehweg neben dem Gebäude, und Jack richtete den Lampenstrahl auf die Stelle.

»Was ist da?«, fragte Todd.

Jack nickte.

»Fußspuren. Kaum noch zu erkennen, weil Schnee drübergeweht ist. Dennoch … kann man sie sehen. Gut beobachtet, Sarah.«

Während Sarah sich die Fußspuren anschaute, die schnell unter dem Schnee verschwanden, fiel ihr noch etwas auf.

»Jack diese Spuren …«

Mitten in der Stille klingelte Todds Telefon.

»Oh, Verzeihung. Praveer sucht nach mir. Oben. Ich muss da noch alles abbauen und für die Nacht sichern.«

»Wir kommen hier allein klar, Todd. Danke!«

Der Elektriker wandte sich zum Gehen.

»Ach, und Todd … vielleicht solltest du vorerst nichts von der Tür und den Fußspuren erwähnen. In Ordnung?«

Todd grinste breit. »Klar doch. Könnten Beweise sein, was?« Eine Sekunde lang sah er zur Seite. »Ich hoffe bloß, dass dem alten Bill nichts Schlimmes passiert ist.«

Dann verschwand er im Gebäude.

»Was wolltest du sagen?«, fragte Jack.

Sarah wunderte sich. Konnte Jack wirklich nicht erkennen, was ihr aufgefallen war? Oder wollte er schlicht prüfen, wie gut ihre Beobachtungsgabe heute Abend war?

»Die Spuren da … sie sind eigentlich kaum noch zu erkennen. Aber sieh doch mal. Schritte nach links, dann nach rechts. Nur hin und her, nicht? Aber außer den Spuren, die von der Tür wegführen …«

»Sind keine da, die zurückführen.«

»Genau.«

Für einen Moment blieben beide regungslos stehen.

Doch dann schritt Jack näher heran.

Zwar musste er dabei einige der Spuren zertreten, doch das machte wohl nichts, schätzte Sarah. Denn so schnell, wie der Schnee inzwischen fiel, dürften ohnehin bald sämtliche Anzeichen fort sein, dass hier jemand auf und ab gegangen war.

Jack ging in die Hocke, sodass die Taschenlampe nur noch Zentimeter über dem Schnee war.

»Wonach suchst du?«, fragte Sarah und kam ebenfalls näher.

»Weiß ich noch nicht.«

Mit der rechten Hand strich er langsam etwas Schnee weg, als siebte er die pudrigen Flocken durch.

Erst an einer Stelle, dann an einer anderen.

Bis …

»Okay.«

Sie sah es, sobald seine Hand noch ein wenig mehr Schnee umgeschichtet hatte.

Er hob die Zigarette auf und schnupperte daran.

»Menthol.«

»Wow«, sagte Sarah. »Diese Stelle hier hinten erzählt ja eine richtige Geschichte.«

»Ja. Bill ist dort rausgegangen …« Jack leuchtete zurück zur Tür. »… lässt die Tür offen, damit er zeitig zu seinem großen Moment wieder reinkommt, geht auf und ab und raucht eine Zigarette.«

»Doch er geht nicht wieder rein.«

»Scheint so. Aber warum nicht?«

Sarah sah immer noch die Zigarette an. Sie kannte Bill Vokes nicht.

Aber …

»Jack, die Zigarette …«

»Hm?«

»Er hat sie nicht aufgeraucht.«

Jack hielt die halb gerauchte Zigarette zwischen den Fingern, als handelte es sich um ein entscheidendes Beweisstück.

Was sie, dachte Sarah, *durchaus sein könnte.*

»Ja. Und?«

»Man geht auf eine Zigarette nach draußen, will sie rauchen und dann wieder reingehen, stimmts?«

Jack richtete sich wieder auf.

»Ja, höchstwahrscheinlich.«

»Es sei denn«, fuhr Sarah fort, »irgendwas stört einen beim Rauchen. Etwas geschieht, sodass man *nicht* wieder nach drinnen stapft, bereit für den Auftritt.«

Nun leuchtete Jack die Straße hier hinten ab.

»Eine Menge Wagenspuren.«

Und jetzt bemerkte auch Sarah, dass hier einige Wagen durchgefahren waren und deutliche Rinnen in den Schnee gegraben hatten.

»Es ist der Parkbereich für die Standbetreiber«, sagte sie.

Jack ging hinüber zu den Spuren. »Es könnte sein, dass hier ein Wagen vorgefahren ist … direkt auf Bill zu. Der lässt seine Zigarette fallen … und verschwindet.«

»Vielleicht ein Freund von ihm«, mutmaßte Sarah.

»Und der ihm ein Angebot macht, das Bill unmöglich ablehnen kann?«

»Aber wenn er irgendwohin mitgefahren ist selbst aus einer spontanen Laune heraus , würde man doch denken, dass er sich vorher wieder umzieht, oder? Und seine Brieftasche mitnimmt?«

»Und seine Zigaretten«, ergänzte Jack.

Er drehte sich zu ihr um.

»Also wissen wir nach wie vor nicht, was passiert ist?«, fragte sie.

Jack sah sich weiter um, als wären in diesem Bereich hinter dem Gemeindehaus noch mehr Geheimnisse zu enthüllen.

»Nein. Für mich ergibt das nicht viel Sinn.«

Und als wäre dieser Abend, an dem es zunehmend windiger wurde, nicht schon kalt genug, bewirkten Jacks Worte, dass er sich nur noch eisiger anfühlte …

In diesem Augenblick kam ihr Vater durch die offene Tür und sagte munter: »Na, ihr zwei? Was treibt ihr hier?«

Und die plötzliche Kälte, die nichts mit den Temperaturen zu tun gehabt hatte, verflog sofort.

Sarah folgte ihrem Vater zurück ins Gebäude, und Jack kam ihnen nach.

»Tja, wir haben das gesamte Haus abgesucht«, berichtete ihr Vater. »Von oben bis unten. Keine Spur von Bill, leider.«

Sie erreichten den Hauptkorridor und stiegen die Treppe hinauf.

Einige der anderen Männer verließen gerade das Gemeindehaus, nachdem ihre Suche nichts ergeben hatte.

Sarah erblickte Praveer, der abseits der übrigen Leute stand, mit Todd sprach und nickte.

Ihr Vater blieb stehen, wandte sich um und sah erst Jack, dann Sarah an. »Ich habe eben seine Frau angerufen. Emily. Eine nette Frau.«

»Was hast du ihr erzählt?«

»Nicht viel. Dass Bill verschwunden zu sein scheint. Natürlich kennt sie seine Angewohnheit, von Zeit zu Zeit abzutauchen.«

»Klang sie besorgt, Michael?«

»Ein bisschen. Aber ich habe ihr gleich gesagt: ›Tja, so ist Bill nun mal. Der kreuzt garantiert wieder auf.‹ Allerdings habe ich ihr nicht etwas in der Art erzählt wie: ›Ich verstehe nicht, wie er das heute Abend verpassen und all die Kinder enttäuschen konnte …‹«

Ihr Vater senkte den Blick.

Und Sarah dachte: *Das kommt ihm genauso eigenartig vor.*

Er blickte wieder auf. »Habt ihr unten irgendwas gefunden?«

Sarah sah zu Jack.

Es war noch verfrüht, egal, ob sich hier ein Fall abzeichnete oder nicht. Und Sarah wusste, dass Jack in diesem Stadium gern für sich behielt, was sie herausgefunden hatten. Selbst gegenüber ihrem Dad, den Jack sehr mochte.

»Na ja, er hatte sich unten umgezogen und ist nach draußen gegangen. Vielleicht, um eine zu rauchen. Und das ist auch schon ungefähr alles.«

Es war eine reduzierte Version dessen, was sie bisher zu wissen glaubten.

Michael nickte.

»Verdammt komische Sache, und das mitten in der Weihnachtszeit. Ich frage mich …«

Nun sah er Sarah direkt an.

»Ich denke, wir sollten *abwarten*. Heute Nacht jedenfalls. Sehen wir, ob er wiederauftaucht. Es könnte gar nichts sein.«

Sein Tonfall verriet, dass er das kein bisschen glaubte.

»Was meint ihr?«

Jack nickte. »Klar. Wir wissen ja, was Alan sagen würde … Es ist kein Vermisstenfall, solange jemand nur wenige Stunden weg ist.«

»Eben. Also, wie wäre es, wenn ich euch morgen früh anrufe und Bescheid gebe, falls sich irgendwas tut?«

Sarah gefiel nicht, wie besorgt ihr Vater klang.

Sie wusste, dass Advent und Weihnachten eine ganz besondere Zeit für ihre Eltern war. Eine feierliche Zeit voller Musik, Freunde und Toasts auf das kommende Jahr. Und geprägt von den extravaganten und experimentellen Festmahlen ihrer Mutter. Die konnten häufiger mal schiefgehen. (Was natürlich niemand auch nur mit einer Silbe erwähnen würde.)

»Hört sich gut an, Dad.« Sie umarmte ihn. »Hier können wir nichts mehr tun, also gehen wir lieber alle nach Hause, hm?«

Michael zögerte kurz, als könnte er irgendwas übersehen haben.

Während Sarah dachte: *Vielleicht ist uns allen etwas entgangen.*

Dann jedoch lächelte Michael aufmunternd und ging als Erster von ihnen aus dem Gemeindehaus.

Weg von dem Ort, an dem Bill Vokes einfach … verschwunden war.

5. Die »Weihnachtsgans« *Grey Goose*

»Was meinst du, Riley?«, fragte Jack seinen Hund. Der Spaniel beobachtete, wie Jack die bunte Lichterkette durch die Deckenbalken in seinem schmalen Wohnraum fädelte.

Und in diesem Jahr würde Jack nicht bloß bunte Weihnachtslichter haben, sondern sogar einen Tannenbaum.

Im Vergleich zu dem, was sich die meisten Leute im Dorf in ihre Wohnzimmer stellten, war der Baum mickrig, nur einen Meter zwanzig hoch. Aber immerhin war es ein richtiger Baum, der das Hausboot mit seinem unvergesslichen Harzaroma erfüllte.

Riley hockte mit seitlich geneigtem Kopf da, betrachtete die Lichter und machte eine Miene, als wollte er sagen … *Na, ich weiß ja nicht.*

Jack ging hinüber zu dem Baum, der mit einer kleinen blauen Lichterkette und einigen dekorativen Anhängern geschmückt war.

Sehr wenige, die jedoch etwas ganz Besonderes sind.

Einen davon hatte seine Tochter im Kindergarten gemacht: ihr winziger Handabdruck in Gips.

Ein anderer war ein kleiner Teddybär mit einem winzigen Fotorahmen im Bauch. Und in dem war ein Bild von Jacks Enkelkind.

Schließlich noch ein Anhänger ihn anzusehen konnte bisweilen, nun ja, schwierig sein.

Es handelte sich um eine Karte, auf deren Rückseite geschrieben stand: »Metropolitan Opera, 1989.« Und vorne drauf …

Die goldene Silhouette des großen Opernhauses.

Jack erinnerte sich an den Abend, als er mit Katherine zusammen diese Karte gekauft hatte.

Sie waren noch nicht mal verheiratet gewesen, doch diese Karte gemeinsam zu kaufen war irgendwie … besonders gewesen.

Und die Oper selbst … jene magische Inszenierung von *La Bohème*, bei der die Pariser Straßen auf der riesigen Met-Bühne lebendig wurden, Kunstschnee auf die Mansardenwohnungen der hungernden Künstler rieselte, die Puccini-Musik sie in eine andere Welt entführte, und, und …

Er hielt inne.

Dieses Andenken in seiner Hand.

Mit der freien Hand wischte er sich die Augen.

Das hat mich jetzt eiskalt erwischt, dachte er.

Und als würde er etwas spüren waren Hunde nicht klug? , kam Riley zu Jack getapst und rieb seinen Kopf an dessen Bein.

»Klar, Zeit für einen Spaziergang, hm?«

Doch beim Blick in die seelenvollen Augen seines Springer Spaniels fragte Jack sich, ob Riley wusste, dass Jack für wenige Momente woanders gewesen war.

In einer fernen Zeit. Weit weg.

»Ein Spaziergang wird uns beiden guttun.«

Ehe er allerdings nach Rileys Leine griff die mehr eine Requisite war, falls jemand sich beschwerte, dass der Hund frei über die verschneiten Wiesen flitzte , arrangierte er die Geschenke unter dem Baum ein bisschen hübscher.

Viele waren es nicht. Für Daniel, Chloe, Michael und Helen. Sie alle sollten in wenigen Tagen zu einem Feiertagsessen auf die *Grey Goose* kommen.

Für Sarah hatte er allerdings immer noch nichts. Auf seiner Suche in den Geschäften von Cherringham, von Bourton-on-the-Water und sogar Oxford war ihm nichts ins Auge gesprungen, das ein perfektes Geschenk für Sarah abgegeben hätte.

An Riley gewandt, sagte er beschwichtigend: »Ein bisschen Zeit ist ja noch, hm?«

Riley wandte sich vom Baum weg zu der Treppe, die ihn aus der *Goose* herausführte der Anfang seines Weges zu den Wiesen.

Doch die Uhr für dieses Geschenk tickt erbarmungslos.

Riley sprang von der Laufplanke des Boots und fiel der Länge nach in den weichen Schnee.

Er war nur einige Zentimeter tief, aber das reichte für eine Rutschpartie: Jack sah, wie sein Hund sich schlitternd überschlug, bevor er aufsprang und gen Wiese rannte.

Im Gehen beobachtete Jack, wie Rileys Pfoten irre Zickzackmuster im Schnee hinterließen, die sich hier und da mit den Spuren eines anderen Hundes kreuzten. Diese wiederum verliefen eher schnurgerade über die Wiese.

Obwohl die Temperaturen wohl noch um den Gefrierpunkt lagen, vermutete Jack, dass einiges von dem Schnee bis zum Nachmittag schmelzen würde.

Anders als in New York, wo der vorweihnachtliche Schnee meist bis zum Frühjahr liegen blieb. Dort konnten manche Winter erstaunlich hart sein.

Hier nicht, und das war gut so.

Jack musste grinsen: *Hier besitze ich nicht mal einen Schneeschieber.*

Er sah Riley plötzlich anhalten, als hätte er ein unsichtbares Kaninchen entdeckt. Der Hund blickte sich zu Jack um und stürmte erneut davon, um wie verrückt umherzuflitzen.

Nach einem Marsch wie diesem wäre ein längeres Nickerchen angebracht.

Und Jack musste unwillkürlich an den gestrigen Abend denken.

Der ein besonderer Abend hätte sein sollen. Der riesige Baum, dessen Beleuchtung feierlich eingeschaltet wurde, die

Buden voller Kunden, das ganze Dickens-Bild alles war perfekt gewesen.

Nur dass zwischendurch der Weihnachtsmann abhandenkam.

Andererseits … vielleicht auch nicht.

Dieser Bill Vokes hatte anscheinend einige komische Gewohnheiten.

Folglich war denkbar, dass sich der ganze Vorfall als vollkommen harmlos erwies. Dann könnten die Feiertage kommen, und es bliebe nur noch das eine Problem, was Jack als letztes, wichtigstes Geschenk besorgen sollte.

Riley war mittlerweile fast bei der Straße jenseits der Wiese. Dort blieb der Hund stehen wie immer und war im Begriff, in weitem Bogen im Zickzack zu Jack zurückzurennen, der langsam mehr oder weniger in dieselbe Richtung stapfte …

Als Jacks Telefon klingelte.

Es war verblüffend, dass man so weit draußen, wo nichts außer Wiesen und Fluss war, ein genauso starkes Handysignal hatte wie mitten in London. Bald würde es auf der ganzen Welt keinen klingeltonfreien Flecken mehr geben, vermutete Jack. Er holte sein Telefon hervor und wischte auf »Annehmen«, ohne auf die Nummer zu achten.

»Hallo?«

Riley erreichte das Ende seines Zickzacklaufs, der ihn zu Jack zurückführte, und war bereit, wieder zum Boot zu rennen.

»Jack, hier ist Michael. Leider habe ich schlechte Neuigkeiten …«

Sarah beugte sich über Grace Stuhl.

Mit ihren Fähigkeiten als Grafikerin, ihrer kreativen Ader und ihrem charmanten Wesen, das potenzielle Kunden förmlich verzauberte, war Sarahs Assistentin ein enormer Gewinn für das kleine Büro.

Und dies hier eine dicke Werbebroschüre für den Ausverkauf nach den Feiertagen war eines der letzten großen Projekte, die fertig werden mussten, ehe sie über Weihnachten für einige Tage schließen konnten.

»Was meinst du?«, fragte Grace.

»Hm, die Farben sind klasse. Sie springen definitiv ins Auge. Und ich denke, dass sie in den Geschäften begeistert sein werden.«

»Dann sind wir fertig?«

»Lassen wir unsere Kunden noch kurz die Entwürfe absegnen. Aber eigentlich glaube ich, dass sie rundum zufrieden sein werden.«

Grace strahlte. Obwohl sie in ihrer Zwei-Frauen-Agentur mittlerweile so gut wie gleichgestellt waren, verließ Grace sich immer noch auf Sarahs Urteil.

Fürs Erste musste Sarah zurück zu ihren eigenen letzten Projekten mehrere neue Visitenkarten und Website-Updates.

Nicht unbedingt die spannendste Arbeit, aber angesichts der Hypothekenraten …

Und an die Studienkosten für Chloe und Daniel, die in den nächsten Jahren auf sie zurollten, wollte sie nicht mal denken.

Da würde sie den Gürtel um einiges enger schnallen müssen.

Doch als sie zu ihrem Schreibtisch kam auf dessen Ecke ein Mini-Tannenbaum mit winzigen elektrischen Lichtern stand, der von Weihnachtskarten umgeben war, die Firmen und Kunden ihnen geschickt hatten , hörte sie eine Glocke bimmeln. Die Tür unten wurde geöffnet.

Die Glocke war Grace Idee gewesen.

Warum nicht etwas Altmodisches … eine Türglocke, die Besucher ankündigt?

Bei den nahenden Schritten auf der Treppe drehte Sarah sich zur Bürotür um. Es standen keine Termine an. Die Tür ging auf, und Jack kam herein. Grace sprang von ihrem Stuhl auf.

Sie freut sich immer, wenn Jack vorbeikommt!

Jack lächelte ihr strahlend zu, dann sah er Sarah an. Und die dachte sofort: *Er kommt nicht zufällig vorbei.*

Irgendetwas war passiert.

6. Das Bill-Problem

»Jack!«, sagte Grace. »Du hättest anrufen sollen, dann wäre ich zu Huffingtons gelaufen und hätte etwas Weihnachtsgebäck geholt und den Wasserkocher angestellt.«

»Nichts wäre mir lieber als das, Grace. Aber eigentlich wollte ich nur kurz mit Sarah reden. Nächstes Mal rufe ich ganz sicher vorher an, wenn du mir dafür Gebäck spendierst!«

Sarah sah Grace strahlen.

Doch jetzt wollte Jack reden, wie Sarah wusste.

»Wie wäre es, wenn du Pause machst, Grace, und dir einen richtigen Kaffee gönnst?«, schlug sie vor. »Ich komme hier klar.«

Grace blickte zu ihr. Natürlich verstand ihre Assistentin, dass Sarah das freundschaftliche Verhältnis zu ihr und die Ermittlungsarbeit mit Jack strikt voneinander getrennt hielt.

»Super! Dann lasse ich euch zwei mal in Ruhe *Pläne schmieden.*«

Jack lächelte, als Grace sich ihren Wintermantel schnappte ein dickes, knielanges Teil mit einem Kunstpelzkragen und Kapuze. Sehr niedlich, fand Sarah und dachte, dass sie ihre eigene Wintergarderobe dringend aufstocken müsste.

Aber woher die Zeit für so was nehmen?

Grace beugte sich vor, um Jack zum Abschied einen Kuss auf die Wange zu geben, und Sarah musste sich noch einen Augenblick in Geduld üben. Sobald Grace draußen war, sah Jack zu ihr hinüber.

»Tja, im Grunde hätte ich doch gerne einen Tee. Denn wir müssen tatsächlich ein bisschen planen.«

»Was ist passiert?«, fragte sie.

»Bill Vokes.«

»Oh! Ist er denn nicht wieder aufgetaucht?«

Sie sah, wie Jack mit ernster Miene den Kopf schüttelte.

»Nein, keine Spur von ihm.«

Sarah harrte stumm weiterer Erklärungen.

»Dein Dad hat mich angerufen«, sagte er. »Er dachte sich, dass es bei dir heute Morgen ziemlich hektisch zugeht, deshalb war es ihm unangenehm, dich zu fragen.«

»Will er, dass wir nachforschen?«

»Jap. Hast du Zeit?«

Sarah musste nicht lange überlegen. Trotz all seiner offenkundigen Marotten war Bill Vokes doch jemand, der eine Menge für Cherringham tat.

Ihn zu suchen war das Mindeste, was sie tun konnte.

»Ich nehme mir die Zeit«, antwortete sie. »Womit fangen wir an?«

»Mit einer Tasse Tee«, antwortete Jack.

Nachdem Sarah das Büro verlassen hatte und die Treppe nach unten gegangen war, öffnete sie den Haupteingang und stieg die vereisten Stufen zur High Street hinunter, wobei sie sich mit einer Hand an dem eiskalten Geländer festhielt.

Unter dem klaren blauen Himmel sah das Dorf wie eine hübsche Postkarten-Szene aus. Nur war der Wind beißend, und daher zog Sarah den Mantelkragen fest um ihren Hals. Als sie die Straße hinaufging, war keine Menschenseele zu sehen.

Sogar für die Touristen ist es zu kalt, dachte sie. *Armer Jack er hat eindeutig das schlechtere Los gezogen.*

Vorhin, während Grace bei Huffingtons einen Kaffee trank, hatten Sarah und Jack eine Liste von Leuten zusammengestellt, mit denen sie über Bills Verschwinden reden sollten.

Als Erstes hatten sie Alan Rivers angerufen, den hiesigen Polizisten. Doch obwohl er sich einige Einzelheiten notiert hatte, war er wenig geneigt, jetzt schon von einem »Vermisstenfall« zu sprechen, zumal Bill in dem Ruf stand, häufiger mal sang- und klanglos die Biege zu machen, wenn in den Pubs viel los war.

Und Alans Ansicht nach stellte Jacks Bericht von den Fußspuren und dem Zigarettenstummel noch keinen überzeugenden Hinweis dar.

»Sagt mir Bescheid, wenn ihr irgendwas Aussagekräftigeres findet«, hatte er gesagt. »Es ist nicht das erste Mal, dass Bill einfach verschwunden ist. Und ehrlich gesagt habe ich schon alle Hände voll mit den Auswirkungen des vielen Schnees zu tun.«

Und so hatten Jack und Sarah eine Liste mit Personen erstellt, die befragt werden mussten.

Praveer und die Führungsriege der Rotarier.

Emily Vokes natürlich.

Todd, der Elektriker.

Vielleicht noch die Wirte der beiden Pubs im Dorf. Sie kannten den alten Bill gut.

Sarah hatte kurz bei ihrem Vater angerufen, der vorschlug, dass einer von ihnen beiden mit ihm nach Repton Hall fahren und mit einigen der anderen Rotarier reden sollte die waren dort den ganzen Tag bei einer Wohltätigkeitsjagd.

Bei diesem Wetter war das Letzte, was Sarah wollte, auf einem verschneiten Feld zu stehen und zuzusehen, wie ein Haufen örtlicher Geschäftsleute versuchte, Fasane vom Himmel zu schießen. Und auch noch hinterher mitzuerleben, wie die Männer bei Single-Malts und knisterndem Kaminfeuer mit ihrer Treffsicherheit prahlten.

Während also Jack alles mit Michael absprach, hatte Sarah sich für Tee und Gebäck mit Emily entschieden.

Das war ungleich zivilisierter.

Als sie den großen Dorf-Parkplatz überquerte, erkannte sie, dass der nächtliche Schnee auf der Straße zu zackigen Riefen gefroren war. Sie gab acht, nicht zu stolpern.

Dann bog sie in eine kleine Seitenstraße neben dem Angel und schritt an dem perfekten kleinen georgianischen Haus ihres alten Freundes Tony Standish vorbei, das etwas abseits der High Street lag.

Die Fensterläden waren zum Schutz gegen die Winterkälte geschlossen, und der gepflegte Vorgarten des Anwalts lag unter einer dicken Schneeschicht vergraben.

Der glückliche Tony. In diesem Moment saß er wahrscheinlich auf dem Balkon seiner Villa in Spanien und nippte Cava in der Mittagssonne.

Sarah bog an der nächsten Straße nach links in Richtung Arztpraxis.

Bis hierin war der Schneepflug noch nicht gekommen und das winterliche Weiß folglich so hoch, dass sie nicht sehen konnte, wo der Gehweg endete und die Straße begann.

Alle Häuser hier waren aus den 1930ern: kleine, gemütliche Doppelhäuser, die sich einst ganz normale Leute leisten konnten. Heute kosteten sie ein Vermögen.

Vor jedem Haus stand ein schneebedecktes Auto.

Vorsichtig stapfte Sarah die Straße hinunter und achtete auf die Hausnummern. Emily wohnte in Nummer 45.

Sarah fragte sich, ob sie Bills Frau wiedererkennen würde. Cherringham war gerade klein genug, dass man mit den Jahren die meisten Gesichter gesehen hatte.

Die meisten Häuser waren geschmackvoll mit Weihnachtslichtern in den vorderen Fenstern und um die Türen herum geschmückt.

Eines allerdings, das noch ein Stück vor ihr war, hatte man dekoriert wie ein Kaufhaus: eine Flut von Lichterketten auf dem Dach, dazu ein riesiger Weihnachtsmann, der sich neben einem Schlitten am Schornstein festhielt.

Unten war ein bunter, grell beleuchteter Weihnachtsbaum an die Hecke gequetscht worden.

Um das schrille Bild abzurunden, baumelte noch ein aufblasbarer Schneemann von einem der Fenster im ersten Stock …

Vor lauter Weihnachtsschmuck konnte Sarah die Hausnummer fast nicht sehen.

Aber ja es war die Nummer 45.

Das leuchtete ein. Bill, der Dorfweihnachtsmann, hatte beim Dekorieren natürlich kein Halten gekannt.

Sie überquerte die Straße und ging zwischen zwei der schneebedeckten Wagen hindurch, die aussahen, als wären sie seit Tagen nicht bewegt worden.

Sarah drückte fest gegen die Gartenpforte, stapfte durch den tiefen Schnee zur Haustür und läutete.

Nach einer Minute ging die Tür auf und Sarah erkannte das Gesicht der Frau sofort wieder.

Mollig, rotgesichtig, in den Sechzigern: *Selbstverständlich! Das war die Köchin der Cherringham Primary School!*

»Oh, Emily Sie sind das«, sagte Sarah überrascht. »Mir war nicht klar …«

»Sarah, meine Liebe. Ich bin so froh, dass Sie Zeit haben, um zu helfen. Kommen Sie rein. Es ist scheußlich da draußen.«

Sarah ging ins Haus, und Emily schloss die Tür hinter ihr.

»Gehen Sie durch, gehen Sie durch«, forderte sie Sarah auf und winkte sie vor sich her wie eine Bäuerin, die ihre Hühner scheuchte.

Sarah drängte sich an einer Reihe von Papierschlangen und Konfetti durch den Flur in ein kleines Wohnzimmer. Es wurde hauptsächlich von einem Weihnachtsbaum eingenommen, der oben gegen die Decke stieß.

»Der gute Bill«, sagte Emily, die zu ihr kam und bemerkte, dass Sarah die Weihnachtsdekoration betrachtete, »er liebt Weihnachten so sehr!«

»Dagegen ist ja nichts einzuwenden«, antwortete Sarah lächelnd und nahm auf dem Sofa Platz.

»Na dann. Eine Tasse Tee?«, fragte Emily.

»Sehr gerne.«

»Kommt sofort«, sagte Emily, und Sarah sah ihr hinterher, als sie hinaus zur Küche eilte.

Jack lehnte sich in dem beheizten Ledersitz von Michael Edwards Range Rover zurück und beobachtete, wie die herrliche Cotswolds-Landschaft draußen vorbeiglitt.

Hier auf dem Hügelkamm oberhalb von Cherringham konnte man meilenweit sehen verschneite Felder und Wälder, die durch die uralten Trockenmauern ein geometrisches Muster besaßen. Und alles war glitzernd hell unter dem klaren blauen Winterhimmel.

»Hier hätte dein Sprite bestimmt einige Probleme bekommen, alter Knabe«, bemerkte Michael, der nur eine Hand am Steuer hatte, während sein Range Rover mühelos die schneebedeckte Straße bewältigte.

Jack lachte.

»Mein Sprite hätte es gar nicht erst aus dem Dorf heraus geschafft«, erwiderte er. »Vor ein paar Jahren musste ich schmerzlich erfahren, dass er sich nur an warmen Sommertagen richtig wohlfühlt.«

Bei der Erinnerung daran musste Jack lächeln: Er hatte an jenem Abend einen Verdächtigen durch einen Schneesturm verfolgt und war in einen Graben geschlittert.

Jack liebte seinen Sportwagen, doch der Sprite war definitiv nicht für schlechtes Wetter gemacht.

»Warst du schon mal bei einem Fasanenschießen?«, fragte Michael.

»Nein, bisher nicht.«

»Absichtlich nicht? Hier ist es ein ziemlich beliebter Sport, musst du wissen.«

»Ich habe als Jugendlicher ein bisschen mit meinem Großvater gejagt«, erzählte Jack. »Hauptsächlich Enten. Aber im

Grunde bin ich weder dafür noch dagegen; ich kann dem einfach nicht viel abgewinnen.«

Jack erwähnte es nicht; doch in seinem früheren Leben hatte das Schießen eine völlig andere Bedeutung gehabt. Zu oft hatte es wie ein unmögliches Unterfangen angemutet, die Stadt halbwegs frei von Waffen zu halten.

»Na ja, heute Morgen wirst du jedenfalls sehen, wie es anständig gemacht wird.«

»Lady Reptons Anwesen ... Ja, bei ihr kann ich mir das vorstellen.«

Wie aufs Stichwort erschien das Schild nach Repton Manor am Straßenrand.

»Fahren wir nicht durch das Haupttor?«

»Nein, wir biegen nach ungefähr einer Meile ab«, antwortete Michael. »Das Anwesen ist rund achthundert Hektar groß und die Jagd findet ein gutes Stück vom Haus entfernt statt.«

Nach wenigen Minuten bogen sie von der Hauptstraße auf einen Feldweg, der weit hinunter in ein Tal führte.

Zu beiden Seiten des Wegs hatte man den alten Schnee mehrere Fuß hoch aufgehäuft. Aber der Neuschnee von letzter Nacht war bislang nicht geräumt worden.

Jacks Sprite wäre gewiss den ganzen Hügel hinuntergeschlittert Bremsen hin oder her. Der Range Rover hingegen bewältigte diese Straßenverhältnisse völlig problemlos und dann noch die beheizten Sitze! Nach einer Minute fuhr Michael links ran und stellte den Motor ab.

»Sind wir da?«, fragte Jack, der sich umblickte, jedoch nirgends ein Lebenszeichen entdecken konnte.

»Nein«, antwortete Michael, öffnete seine Tür und stieg aus. »Ich dachte nur, wir sehen uns mal die Aussicht an, okay? Komm!«

Jack verließ den Wagen, und prompt versanken seine Stiefel im Schnee. Er ging um das Auto herum zu Michael, der an der warmen Kühlerhaube lehnte.

Jack betrachtete das weite Tal, das unter tiefem Schnee lag, und den Hügel auf der anderen Seite. Der bewaldete Hang dort drüben hob sich dunkelgrün vom hellblauen Himmel ab.

»Hörst du die Gewehre?«, fragte Michael.

Jack lauschte und jetzt konnte er die Schüsse hören, die nacheinander durchs Tal hallten. Aus dieser Entfernung klangen sie wie aufplatzendes Popcorn.

»Sie müssen inzwischen auf der zweiten Strecke sein«, sagte Michael. »Auf der anderen Seite des Hügels dort ist ein Hochstand einer der besten. Die Treiber sind oben im Wald und scheuchen die Vögel auf. Das gibt einige gute, hohe Schüsse, würde ich schätzen.«

Jack tat gar nicht erst so, als würde er alles verstehen, was Michael ihm erklärte.

Er vermutete, dass es besser war, das hier schlicht zu »erleben«, anstatt zu viele Fragen zu stellen.

Von hier aus konnte Jack keine Vögel sehen, sich die Szene auf der anderen Hügelseite allerdings vorstellen.

»Ich nehme an, da hat sich in hundert Jahren nicht viel verändert«, merkte Jack an.

»Ganz gewiss. Wohl seit zweihundert Jahren nicht, wenn nicht noch länger.«

»Kommst du oft her und schießt?«

»Schön wärs«, antwortete Michael. »Ist ein bisschen zu kostspielig für mich. Ich mache bei den einmaligen Wohltätigkeitsveranstaltungen des Rotary Clubs mit die genieße ich, weil es schöne Feste sind.«

»Was ist mit Bill schießt er?«

»Nicht oft wohl auch aus dem von mir genannten Grund, denke ich. Aber er ist ein treuer Förderer, verpasst kein Treffen. Wie alle Mitglieder opfert er Stunden für einen guten Zweck.«

»Ist er beliebt?«

Michael zögerte. »Meistens ja. Aber wie ich gestern Abend schon sagte, hat er das Komitee mächtig verärgert. Und das nicht zum ersten Mal. Wie dem auch sei, diese Schüsse, die du hörst, werden von dem Großteil unseres Komitees abgefeuert. Und wenn du mehr über Bill Vokes erfahren willst, sind sie die Leute, die du fragen musst. Sie halten gewiss nicht mit ihrer Meinung hinterm Berg so viel ist sicher.«

Jack überlegte. Je mehr Sarah und er über Bill erfuhren Gutes wie Schlechtes , desto eher konnten sie eine Art Profil erstellen. Und irgendwas herausfinden, das möglicherweise auf einen Grund für sein Verschwinden hinwies.

Er zog seine dicke, wattierte Jacke fester zu. Hier oben wehte ein beißender Wind.

Michael sah zu ihm hinüber. »Ach, wegen der Kälte würde ich mir keine großen Gedanken machen«, beruhigte er ihn. »Die unterbrechen gleich die Jagd für ihre Jause und bei diesem Wetter nehmen sie die in einer der Scheunen ein. Genau da wollen wir hin.«

Jause?

War das so etwas wie eine Teepause?

Was auch immer es sein mochte, Jack wusste, dass er es bald erfahren würde.

»Hört sich gut an«, sagte er. »Gibt es da Kaffee?«

»Oh ja, und zwar richtig fantastischen. Mit einem Spritzer ›Old-Fashioned‹ darin, wenn man will.«

»Und worauf warten wir dann noch?«, fragte Jack grinsend.

Michael lachte. »Schon gut, komm!«

Und Jack ging um die Motorhaube herum und stieg wieder in den Range Rover, wobei er hoffte, dass die Männer mit den Gewehren da unten im Tal die Informationen hatten, die er brauchte.

Im Verlaufe der Stunden, die an diesem Vormittag verstrichen waren, kam es Jack man könnte es Instinkt nennen immer unwahrscheinlicher vor, dass es eine harmlose Erklärung für Bills Verschwinden gab.

Und wo immer Bill gerade sein mochte womöglich immer

noch in seinem rot-weißen Kostüm , wünschte Jack ihm, dass er sich nicht irgendwo draußen in dieser bitteren Kälte aufhielt, allein und verzweifelt auf Rettung wartend.

7. Fragen

Sarah trank einen Schluck Tee, stellte die Tasse auf den Beistelltisch und holte ihren Notizblock hervor.

Sie blickte hinüber zu Emily, die nun nach vorn gebeugt auf einem kleinen Sessel saß und die Hände fest ineinandergepresst hatte.

Sarah kannte Emily aus der Zeit, als ihre Kinder auf der Cheringham Primary waren: Die herzliche Köchin hatte stets Zeit für jeden gehabt und stand bei Schülern wie Lehrern in dem Ruf, freundlich und liebevoll zu sein.

Genau der Typ Frau, den man sich in solch einer Position wünscht.

Jetzt jedoch wirkte sie trotz ihrer rosigen Wangen angespannt und nervös. Ihre Augen verrieten, dass sie letzte Nacht nicht gut geschlafen hatte.

»Emily«, begann Sarah. »Ich weiß, dass Sie sich wegen Bill sorgen. Angesichts dieser Tatsache möchte ich nicht, dass Sie sich Hoffnungen machen, Jack und ich wären in der Lage, ihn umgehend zu finden.«

»Ach, das weiß ich doch, meine Liebe, und ich erwarte es auch gar nicht. Sie sind *nicht* die Polizei. Aber Sie haben solche Dinge schon früher gelöst, nicht wahr?«

»Stimmt«, bestätigte Sarah. »Doch im Moment haben wir bei Bill eigentlich kaum Anhaltspunkte.«

»Nein, vermutlich nicht. Aber ich kann Ihnen ja helfen, nicht? Sagen Sie mir einfach, was ich tun soll.«

Emilys Vertrauen in sie brachte Sarah zum Schmunzeln.

»Tja … Ich denke, das Beste ist, wenn Sie mir einige Fragen beantworten. Je mehr Sie mir über Bill erzählen, desto eher können wir herausfinden, was mit ihm passiert ist.«

»Gut, ja. Fangen wir lieber an, nicht? So wie im Fernsehen, oder?«

Sarah schlug ihren Notizblock auf und zückte ihren Stift.

»Zunächst mal die offensichtliche Frage: Haben Sie selbst irgendeine Ahnung, was gestern Abend mit Bill passiert sein könnte?«

Emily schüttelte den Kopf.

»Überhaupt keine«, antwortete sie. »Ich bin bloß ... ich weiß nicht ...«

Sarah nickte und machte eine kleine Pause, bevor sie die nächste Frage stellte.

»Ähm, wie ich gehört habe, steht Bill in dem Ruf, ein bisschen wie soll ich sagen spontan zu sein?«

Hier lachte Emily kopfschüttelnd.

»Ach, das ist sehr höflich umschrieben«, sagte sie. »Furchtbar unberechenbar so würde ich es nennen. Eben noch ist er da, und dann ist er plötzlich weg. Und Stunden später kommt er ins Bett gekrochen, ist sternhagelvoll und lacht, als wäre nichts gewesen. Solange wir verheiratet sind, nehme ich das schon hin. Aber dies hier ...«

Sie brach ab.

»Ist anders?«, fragte Sarah.

Sie sah, dass Emily blinzelte, als würde sie gleich weinen. Sie riss sich allerdings zusammen und nickte.

»Sarah, diesmal ist es kein weiteres Beispiel seiner Eigenart, für kurze Zeit zu verschwinden«, antwortete sie. »Irgendwas ist ihm passiert. Das weiß ich. Ich fühle es.«

Sie sah weg; Tränen standen ihr in den Augen.

»Etwas Schlimmes.«

Sarah wartete, bis Emily sich wieder fing, erneut zu ihr blickte und nach ihrer Teetasse griff, um einen Schluck zu trinken.

»Erzählen Sie mir von gestern Abend«, bat Sarah. »War da irgendetwas ungewöhnlich? Egal was.«

»Da fällt mir nichts ein. Er ist gegen fünf los, mit seinem Weihnachtsmannkostüm. So wie jedes Jahr. Er sagte, er würde um sieben fertig sein und vielleicht noch auf ein Pint in den Angel gehen. Danach wollten wir runter zum Ploughman, um da was zu essen.«

»Haben Sie sich bei dem Anruf meines Vaters keine großen Sorgen gemacht?«

»Eigentlich nicht nicht um die Zeit.«

»Aber als er später nicht kam?«

Emily schüttelte den Kopf.

»Ich nörgle nicht gerne an ihm herum, müssen Sie wissen. Aber als es acht wurde, habe ich ihn angerufen. Doch sein Mobiltelefon war ich weiß nicht ausgeschaltet. Das nehme ich jedenfalls an, denn es kam sogleich die Mailbox-Ansage.«

»Also haben Sie hier gewartet?«

»Sonst konnte ich ja nicht viel tun, oder? Ich habe mir ein bisschen was zu essen gemacht und bin dann ins Bett gegangen. Ich hätte ihm gehörig den Marsch geblasen, wenn er nach Hause gekommen wäre, das schon. Aber dann war es Morgen und er immer noch nicht zu Hause.«

»Da haben Sie sich große Sorgen gemacht.«

»Ja. Ich rief bei der Polizei an, aber die fand es nicht besorgniserregend. Alan kennt Bill ja und so. Und dann habe ich Ihren Dad angerufen.«

Sarah nahm sich eine Minute, um alles zu notieren.

»Okay. Und als er gestern Abend losging war er da guter Stimmung?«

»Oh ja, regelrecht übersprudelnd«, antwortete Emily. »Wie gesagt, er liebt Weihnachten. Und diese Weihnachtsmann-Sache die Geschenke verteilen, die Lichter einschalten liebt er ganz besonders. Natürlich auch den Pub hinterher.«

»Es gab keinerlei … Probleme irgendwelcher Art?«

»Probleme?«

»Na ja, gibt es vielleicht jemanden, der Bill schaden wollte?

Irgendwelche Feinde? Leute, denen er Geld schuldete oder mit denen er wegen etwas zerstritten war?«

»Mein Bill?«, rief Emily, als wäre die Frage vollkommen lächerlich.

»Auch den nettesten Menschen kann es passieren, dass ihnen Schaden zugefügt wird.«

»Bill ist der liebste Mann der Welt«, behauptete Emily.

»Natürlich.«

Gleichzeitig dachte Sarah: *Keiner ist so vollkommen.*

»Dann gibt es keine Geldsorgen oder irgendwelche anderen Gründe, weswegen Bill unter Druck gestanden haben könnte?«

»Du meine Güte, nein! Ich meine, wir sind nicht reich, schwimmen nicht im Geld. Aber mein Haushaltsgeld ist immer da, pünktlich wie ein Uhrwerk.«

Ein recht altmodisches Leben, dachte Sarah. *Der Mann teilt der Frau monatlich das Geld zu, und sie ist dankbar, dass es pünktlich da ist.*

»Offensichtlich sind Sie recht glücklich miteinander«, sagte Sarah.

»Alles in allem ja, das sind wir. Wenn er nicht gerade verschwunden ist.«

Sarah blickte hinüber zu einem alten Sideboard voller gerahmter Fotos.

»Ist das Ihre Hochzeit gewesen?«, fragte sie und nickte zu einem verblassten Farbfoto von einem Paar vor einem Standesamt, das zwischen den anderen Bildern oben auf dem Möbelstück stand.

Sie beobachtete, wie Emily nach dem Foto griff und es ansah, als suchte sie darauf nach der Antwort.

»Oh ja. Kensington Town Hall. Vor mehr als zwanzig Jahren.«

»Sie beide sehen sehr glücklich aus«, sagte Sarah.

»Das waren wir. Sind wir noch.«

»Wie haben Sie sich kennengelernt?«

»Das war witzig! Ich habe ihn in der U-Bahn angerempelt wirklich. Gerade als die Türen zugingen. Er sagte, ich sei so schön, dass er mir schon seit East Finchley folgen würde. Aber ich wusste, dass es geschwindelt war, denn ich hatte gesehen, wie er an der Haltestelle vorher erst eingestiegen war. In dem Durcheinander ließ ich meine Handtasche fallen. Er hob sie auf und sagte, dass er mir einen Drink spendieren wolle, um sich zu entschuldigen. Ein Drink führte zum nächsten, und innerhalb eines Monats war ich bis über beide Ohren verliebt.«

»Also eine stürmische Romanze«, sagte Sarah.

»Eher so etwas wie ein zweiter Sturmwind. Ich war schon mal verheiratet gewesen und dachte, ich würde nie wieder heiraten.«

»Waren Sie und Bill ungefähr gleich alt?«

»Ich war Anfang vierzig, Bill einige Jahre älter.«

»Und blieben Sie damals in London?«

»Wir sind einen Monat nach der Hochzeit hergezogen. In dieses Haus, um genau zu sein.«

»Was führte Sie hierher?«, wollte Sarah wissen. »Die Arbeit?«

»Ach, Bill hatte keinen Job«, antwortete Emily. »Nicht so direkt.«

Sarah blickte von ihren Notizen auf.

Interessant … und das wirft eine offensichtliche Frage auf …

»Sogar vor zwanzig Jahren muss das Haus hier einiges gekostet haben.«

Emily nickte und stockte kurz.

»Bill war damals nicht knapp bei Kasse«, erklärte Emily.

»Oh, wirklich nicht?«

»Nein, er hatte nämlich ein kleines Polster. Selbst zusammengespart.«

»Hat er Ihnen erzählt, wie?«

»Ja, das ist ein Ding! Er hat immer erzählt, dass er in der Schule nichts taugte. Also ging er bei der ersten sich bietenden Gelegenheit runter zu den Docks und an Bord eines Schiffes und weg war er. Um die ganze Welt. Überallhin. Auf Frachtern, auf Kreuzfahrtschiffen. Er hat im Maschinenraum gearbeitet. Eines Tages dann ist er in Australien an Land gegangen und nicht mehr aufs Schiff zurückgekehrt. Er fand einen Job als Lastwagenfahrer.«

»Ein wahrer Abenteurer!«

»Oh ja, das ist er, mein Bill! Jedenfalls hat er nach einem Jahr seinen eigenen Truck gekauft und ihn vermietet. Dann noch einen und noch einen. Bald hatte er ein nettes kleines Fuhrunternehmen.«

»Und die Firma lief gut?«

»Und ob!«, sagte Emily. »Am Ende vermietete er alle Trucks an eine große Fabrik, die mitten in einer Einöde lag, wo sie diese großen Kohleminen haben. Zur richtigen Zeit am richtigen Ort, sagte er immer.«

»Und als Sie nach Cherringham kamen, hat er da eine neue Firma gegründet?«

»Das war nicht nötig«, antwortete Emily achselzuckend. »Nicht, dass wir vermögend sind, verstehen Sie mich nicht falsch. Aber wir kommen gut zurecht.«

Sarah notierte sich, dem später nachzugehen.

Es klingt fast zu gut, um wahr zu sein.

»Er musste überhaupt nicht arbeiten?«

»Oh, er hat früher die Märkte beobachtet, Aktien und andere Wertpapiere gekauft und verkauft«, berichtete Emily. »Ich glaube, das hat er als seine Arbeit angesehen. Verstehen Sie mich nicht falsch wie gesagt, wir sind nicht reich. Aber wir hatten nie Probleme.«

»Wie sieht es mit Verwandten aus?«, erkundigte sich Sarah. »Hat er Geschwister, bei denen er sein könnte? Oder alte Freunde vielleicht?«

Emily schüttelte den Kopf. »Er ist ein Einzelkind, und seine Eltern sind jung gestorben. Als ich ihn in London kennenlernte, war er gerade aus Australien zurück. Er hatte keine alten Freunde wenigstens keine, denen ich mal begegnet wäre. Nur seine Freunde hier in Cherringham. Sie wissen schon, die aus den Pubs …«

»Okay. Vielen Dank hierfür! Ich weiß, wie schwer das für Sie ist. Ähm, wissen Sie zufällig noch jemanden, mit dem wir reden sollten?«

»Die Leute im Dorf, würde ich sagen. Sie wissen schon diese Kumpel aus dem Pub.«

Sarah schrieb alles auf und hielt dann inne.

Diese Informationen führten nirgends hin; sie fand nichts als Sackgassen.

Obwohl das Geld … und Bill arbeitete nicht … Das war, wie sie fand, schon seltsam und eventuell wichtig.

»Warum hatten Sie sich damals für Cherringham entschieden?«, fragte sie. »Ich meine, wieso ausgerechnet dieses Dorf?«

Emily runzelte die Stirn.

»Hm, das weiß ich eigentlich nicht. Es war Bills Idee. Er schien den Ort zu kennen.«

»Glauben Sie, dass er aus der Gegend hier ist?«

»Nein, er ist Londoner. Da bin ich mir sicher.«

»Und Sie haben keine Ahnung, woher er Cherringham kannte?«

»Er mochte die Cotswolds schon immer«, sagte Emily. »Vielleicht war er als Kind mal hier, in den Ferien oder so. Tut mir leid, aber genau weiß ich das nicht.«

»Und ist er in einem der Clubs hier im Dorf? Laientheater, Cricket, Bridge oder Tennis? Es ist schwierig, in Cherringham zu leben und nicht in irgendwelche Aktivitäten hineingezogen zu werden.«

»Ha-ha … tja, falls Trinken für Sie ein Sport ist, könnte man sagen, dass er zur ›Spitzenmannschaft‹ im Ploughman gehört.«

Sarah lachte, auch wenn sie sich schwerlich vorstellen konnte, dass ein Mann wie Bill den ganzen Tag zu Hause hockte.

Er hat doch garantiert noch andere Interessen.

Dann ergänzte Emily: »Natürlich liebt er seine Autos. Nichts mag er lieber, als irgendein altes Wrack wieder fahrtüchtig zu machen.«

»Ach ja?«

»Vormittags ist er meistens weg und bastelt irgendwelche Motorenteile zusammen.«

»Und wo macht er das? Hier im Dorf?«

»Oh nein. Er hat eine Werkstatt … na ja, besser gesagt einen Schuppen, oben beim alten Flugplatz, glaube ich. Beim alten Gewerbegebiet, wissen Sie?«

»Sind Sie auch manchmal da?«

»Nein, das ist nichts für mich. An Autos schrauben? Ich wüsste nichts, was ich langweiliger fände.«

»Glauben Sie, dass er gestern Abend dahingegangen sein könnte?«

Emily musste anscheinend kurz darüber nachdenken.

»Nein, das glaube ich nicht. Er hatte sich auf ein paar Pints gefreut, nicht darauf, sich die Hände mit Öl vollzuschmieren.«

Sarah lächelte und sah wieder in ihre Notizen.

Obwohl sie einige Seiten mit ihren Fragen und Antworten gefüllt hatte, war sie kaum schlauer als vorher.

Bill Vokes mochte ein trinkfreudiges, geselliges Naturell besitzen, doch letztlich blieb er ein Rätsel.

»War es das?«, fragte Emily. »Gibt es sonst nichts mehr, was Sie wissen wollen?«

Sarah trank ihren Tee aus und stellte die Tasse hin.

»Haben Sie zufällig ein aktuelles Foto von Bill, das Sie mir ausleihen können?«

»Ein Foto? Warum?«

»Ich könnte es auf die Website mit den Dorfnachrichten

stellen. Vielleicht fällt jemandem noch irgendwas über gestern Abend ein.«

Sarah entging nicht, dass Emily unsicher wurde.

Wahrscheinlich ist ihr nicht wohl dabei, im Internet Aufsehen zu erregen, dachte Sarah.

»Keine Sorge, Sie bekommen es wieder.«

Emily streckte einen Arm zu den gerahmten Fotos auf dem Sideboard aus und nahm eines aus der Reihe.

»Geht das?«, fragte sie und reichte es Sarah, die sich das gestellt wirkende Bild des Paares ansah, das in die Kamera lächelte.

»Unser zwanzigster Hochzeitstag«, sagte Emily und betrachtete das Bild wehmütig.

»Das ist perfekt«, meinte Sarah und steckte das Foto zusammen mit dem Notizblock in ihre Tasche.

»Ich denke, das ist erst mal alles, was ich brauche. Falls Ihnen noch etwas einfällt, das wichtig sein könnte, rufen Sie mich bitte an.«

Sie zog eine Visitenkarte aus ihrer Tasche und gab sie Emily. Dabei bemerkte sie, dass Emily wieder zu weinen anfing.

Sarah holte ein Taschentuch hervor und hielt es ihr hin.

»Entschuldigung«, sagte Emily. »Wie dumm von mir. Heulen bringt ihn auch nicht zurück.«

»Es ist völlig normal, dass Sie weinen, Emily. Das ist doch nur verständlich.«

Sie beobachtete, wie Emily sich die Augen abtupfte und sich langsam wieder fing. Dann schaute sie hilflos auf.

»Wo kann er nur sein, Sarah?«, fragte sie. »Was ist mit ihm passiert?«

»Ich weiß es nicht«, antwortete Sarah und legte eine Hand auf Emilys Arm. »Noch nicht. Aber ich verspreche Ihnen, dass wir alles tun, um es herauszufinden.«

Sarahs Entschlossenheit schien Emily zu beruhigen. Leider glaubte Sarah, der Lösung keinen Schritt näher gekommen zu sein, und konnte nur hoffen, dass Jack mehr entdeckt hatte.

8. Heiße Suppe, heißer Verdacht

Jack saß auf einem Strohballen in der Ecke der alten Scheune, schlürfte Suppe und schaute sich um.

Engländer beim Spielen, dachte er. *Was für ein Spektakel!*

Auf der anderen Seite der Scheune war eine lange Tafel aufgebockt, die sich unter dem Gewicht großer Mengen von Würstchen, kleinen Pasteten, Keksen, Brot und einer riesigen Suppenschüssel bog alles serviert von jungen Frauen, die, wie Jack vermutete, auf Repton Manor arbeiteten.

Ungefähr dreißig Leute unterschiedlichsten Alters standen und saßen in Gruppen zusammen. Sie trugen ausnahmslos klassische Jagdmontur aus Tweed und grünen Stiefeln und unterhielten sich laut über die Ereignisse des Vormittags.

Die Atmosphäre wirkte entspannt, und Jack erkannte ziemlich viele Gesichter aus dem Dorf wieder. Einige von ihnen waren am Abend zuvor im Angel gewesen.

»Wie gefällt Ihnen die Suppe?«, fragte eine Stimme hinter Jack.

Er drehte sich um und entdeckte Praveer Singh, der einen Becher Tee in der Hand hielt.

»Ziemlich würzig«, erwiderte Jack. »Was ist das überhaupt?«

»Mulligatawny«, antwortete Praveer. »Ein Überbleibsel des Empires und wie bei den meisten englischen Versionen von indischen Speisen ist es weit entfernt vom Original.«

»Hm«, sagte Jack und stellte die Schale beiseite. »Ich denke, ich verlege mich auf die Würstchen.«

»Eine gute Wahl, Jack.« Praveer setzte sich zu ihm auf den Strohballen.

Dann beugte er sich etwas näher. »Michael sagt, dass Sie mit den Leuten über Bill reden wollen.«

»Ja, ich brauche ein paar Hintergrundinformationen. Anscheinend gibt es noch keine Nachricht von ihm.«

»Eine Gruppe von uns kam heute Morgen zusammen und hat eine richtige Suche im Dorf organisiert.«

»Keine Spur, hm?«

»Nichts.« Praveer schüttelte den Kopf. »Wir sind bei den Pubs gewesen, sogar im Hotel, doch keine der Bedienungen erinnert sich, ihn gestern Abend überhaupt gesehen zu haben. Hoffentlich konnten wir Ihnen so zumindest ein wenig Lauferei ersparen.«

Jacks Miene verfinsterte sich. »Könnte sein. Ich muss sagen, dass ich mir langsam Sorgen mache. Wie kann ein Mann in einem Weihnachtsmannkostüm von einer Minute auf die andere verschwinden?«

»Es ist furchtbar, nicht wahr?«, sagte eine Frau in einer alten Wachsjacke und Jeans, die sich zu ihnen gesellte. »Der arme alte Bill.«

»Kannten Sie ihn gut?«, erkundigte sich Jack.

»So gut wie jeder Rotarier, schätze ich«, antwortete die Frau. »Ein herzensguter Mann.«

»Fällt Ihnen ein Grund ein, weshalb er verschwunden sein könnte?«, fragte Jack.

»Nicht ein einziger. Ich hoffe nur, dass er nicht irgendeinen Anfall hatte. Schlaganfall, wissen Sie? Er ist ja in dem Alter.«

»Der Kerl ist abgehauen, wenn ihr mich fragt«, erklang eine neue Stimme.

Jack wandte sich um und sah Cecil Cauldwell näher kommen.

Er bemerkte, wie die Frau ihre Augen verdrehte und wegging.

Kann ich ihr nicht verübeln, dachte Jack.

Im Laufe der Jahre war er schon mehrfach mit Cecil aneinandergerasselt und hielt ausgesprochen wenig von dessen fragwürdigen Methoden, Immobilien in der Gegend zu kaufen und zu verkaufen.

Er macht es normalen Leuten so schwer, auch nur von einem Leben hier zu träumen.

Aber jetzt war nicht die Zeit für Feindseligkeiten.

»Guten Morgen, Cecil«, grüßte Jack. »Möchten Sie das näher ausführen?«

»Seit dem Tag, als Bill Vokes in dieses Dorf kam, hatte ich Bedenken ihm gegenüber«, antwortete der Makler, dessen Stimme in der kleinen Scheune widerhallte. »Der Kerl wollte ein Cottage bei mir mieten. Ist natürlich Jahre her. Jedenfalls habe ich eine Bonitätsprüfung gemacht wie üblich eben , und da stellte sich raus, dass es gar keine Kreditauskünfte über ihn gab. Das ist verdächtig.«

»Sehr eigenartig«, stimmte Praveer ihm zu. »Aber das hat dich nicht davon abgehalten, ihm ein Haus zu verkaufen, oder, Cecil?«

»Selbstverständlich nicht! Der Kerl wollte bar bezahlen. Soll ich da vielleicht Nein sagen? Da wäre ich ja schön blöd.«

»Was hat das damit zu tun, dass er ›abgehauen‹ ist, wie Sie es ausdrückten?«, fragte Jack.

»Ist doch logisch«, schaltete sich eine weitere Stimme ein.

Jack schaute sich um, und sein Blick fiel auf Roger Reed, den Bankmanager von Cherringham, der etwas seitlich stand und auf einem Baguette-Knust kaute.

»Können Sie das erläutern?«, hakte Jack nach.

»Na, eine große Geldsumme. Keine Kreditauskunft. Keine früheren Konten, soweit ich weiß, bevor er eines bei mir eröffnet hat. Offshore-Geld, würde ich tippen …«

»Haben Sie es überprüft? Ist das legal?«

»Ähm, ich wurde von einem Kunden darum gebeten. Vertraulich natürlich.«

»Jetzt ist es aber nicht mehr ganz so vertraulich, was?«, entgegnete Jack und zeigte auf die Gruppe, die inzwischen ihrer Unterhaltung lauschte.

»Ich versuche doch bloß zu helfen«, verteidigte Reed sich und blickte eingeschnappt.

Oh ja, dachte Jack.

Mit einem Dolchstoß in den Rücken von Bill? Nachdem du sein Geld genommen hast …

»Geld im Ausland anzulegen ist aber nicht ungesetzlich«, hob Jack hervor, den es interessierte, warum einige unter diesen Leuten hier so sehr gegen Bill Vokes eingenommen waren.

»Nein«, räumte Cecil ein. »Aber es zeigt, mit was für einem Mann Sie es zu tun haben. Verschlagen, verdächtig. Der hat was zu verbergen, nehme ich an.«

»Und deshalb hat er irgendwas verbrochen und ist geflohen? Ist es das, was Sie andeuten wollen?«, fragte Jack.

»Ich zähle lediglich eins und eins zusammen, sonst nichts.«

»Genau genommen ist das nicht alles.« Ein großer Mann trat hinter Reed vor.

Jack erkannte ihn wieder. Es war Simon Rochester, ein Investment-Broker: noch einer von jenen Einheimischen, die Jacks Ansicht nach nicht die besten Seiten von Cherringham repräsentierten.

Was für ein Dreigestirn!

»Simon.«

Jack beobachtete aufmerksam, wie Simon sich den anderen zuwandte.

»Erinnert ihr euch noch, wie Bill letztes Jahr Weihnachten behauptet hat, er hätte sein Geld im Bergbau verdient?«

Die anderen nickten interessiert.

Alle scharen sich zusammen, dachte Jack. *Das wird ziemlich spannend.*

»Tja, vor ein paar Wochen erst, beim Weihnachtsessen, hatte er ordentlich gepichelt«, fuhr Simon fort. »Und da hat er mir einen Haufen Bockmist von einer Farm erzählt, die er von seiner Tante in Irland geerbt haben soll, als er noch ein Junge war.«

»Ach du liebes bisschen«, sagte Roger. »Ich schätze, du hast ihm gesagt, dass du ihm nicht glaubst.«

»Das ist nicht mein Job, Roger. Aber ich dachte gleich, dass da irgendwas nicht stimmt.«

»Seht ihr, was ich meine?«, rief Cecil. »Der Kerl ist so falsch wie eine Neun-Pfund-Note. Muss er sein. Und wenn ihr mich fragt, ist ihm das Geld ausgegangen. Und da hat er die Biege gemacht.«

»Wahrscheinlich ein Hochstapler«, erklärte Roger. »Tut mir allerdings leid für die Frau. Emily. Sie ist anständig.«

Jack blickte zu der Gruppe auf und wusste nicht, was er glauben sollte.

Bill Vokes war sehr beliebt im Dorf, und dennoch gab es hier gleich mehrere Leute, die keinen Funken Sympathie für ihn aufbrachten.

Können all diese Geschichten reine Erfindung sein?

Am Scheunentor ertönten laute Stimmen, und Jack sah, wie sich die Menge in Bewegung setzte.

»Die Pflicht ruft«, sagte Cecil. »Stoßen Sie heute Nachmittag zu uns, Jack? Wollen Sie uns mal zeigen, wie Yankees schießen?«

»O-oh!«, rief Roger. »Vorsicht vor *Friendly Fire*!«

Cecil und Simon lachten grölend.

»Danke, Roger, aber ich bin nur hier, um mich zu unterhalten«, antwortete Jack und lächelte in die Runde.

Hätte ich allerdings ein Gewehr, würde ich es vielleicht nicht auf die Fasane richten, dachte er.

Er sah, wie alle zur Tür eilten. Gleichzeitig kam Michael zu ihm.

»Hast du irgendwas erfahren?«, fragte er mit gesenkter Stimme.

»Ein paar Sachen«, sagte Jack. »Vor allem, dass man sich von den drei Typen da drüben fernhalten sollte.«

Er nickte zu dem Bankmanager, dem Makler und dem Broker, die sich nahe dem Tor zusammendrängten.

»Ah ja, die drei«, sagte Michael. »Die bringen uns alle in Verruf. Ich hätte dich retten sollen.«

»Nein, schon gut«, entgegnete Jack. »Es war sehr hilfreich.«

»Dann hat es sich gelohnt, hier rauszukommen?«

»Unbedingt.«

»Und du willst wirklich nicht mitmachen?«

Jack lächelte. »Danke, ich habe anderes zu jagen.«

»Na dann. Ich habe arrangiert, dass eine der Bedienungen hier dich mit zurück ins Dorf nimmt. Das ist hoffentlich in Ordnung.«

»Klar.«

Michael streckte ihm die Hand entgegen, und Jack schüttelte sie.

»Wie gesagt, wir sind nicht alle wie die«, flüsterte Michael. »Im Großen und Ganzen ist das eine gute Truppe. Und was immer die drei gesagt haben, solltest du lieber nicht für bare Münze nehmen.«

»Verstehe.«

Doch wie Jack aus Erfahrung wusste: Wo Rauch war, da war auch Feuer.

Und als er Michael nachblickte, der zum nachmittäglichen Schießen hinausging, dachte er: *Es wird Zeit, dass Sarah an ihrem Computer zaubert.*

Der mysteriöse Bill Vokes schreit geradezu nach ernsthafter Onlinerecherche.

9. Ein eisiger Wind

Als Sarah in ihr Büro zurückkam, war Jack bereits dort und trank einen Tee mit Grace.

»Klingt fantastisch. Nichts geht über eine große Feier«, sagte Jack, der Sarah als Erster bemerkte.

»Hallo, ihr zwei«, begrüßte sie die beiden.

»Ich erzähle Jack gerade, wie wir Briten echte Familienweihnachten feiern!«, erklärte Grace.

Jack wandte sich zu Sarah. »Was für ein Essen! Mal sehen, ob ich es richtig behalten habe: gebratener Truthahn, Füllung, Cranberry und ... hmmm ... Was war noch das mit den Nelken?«

»Brotsoße, Jack«, antwortete Grace.

»Ja, genau die. Brotsoße. Und geröstete Kartoffeln?«

Sarah und Grace lachten.

»Gefolgt von Weihnachtspudding mit Vanillesoße. Und hör dir das an, Sarah: Grace sagt, dass sie sich mir zu Ehren sogar an Martinis versuchen wollen!«

Er drehte sich wieder zu Grace um. »Vielleicht komme ich tatsächlich vorbei!«

»Ich auch! Apropos, wie steht es mit dem Dinner bei dir auf der *Goose*, Jack? Alles vorbereitet?«

»Tja, ›alles vorbereitet‹ kann man noch nicht sagen. Aber ich freue mich schon. Deine Eltern, deine Kinder ...«

Sarah stellte ihre Handtasche hin und nahm das Foto von Bill und Emily heraus.

»Gut mitgedacht«, sagte Jack und sah es sich an. »Es ist sicher hilfreich, ein Gesicht zu unserem vermissten Weihnachtsmann zu haben.«

»Ich dachte, dass ich es einscanne und auf die Cherringham-Website stelle. Grace, haben wir Fotos von Bill in seinem Kostüm?«

In ihrer freien Zeit betreute Sarah die *Cherringham News*, eine Nachrichten- und Klatsch-Website; und die hatte sich schon häufiger als überaus wertvoll bei der Lösung eines Falls erwiesen.

»Kann sein. Ich sehe mir mal die Bilder vom letzten Weihnachten an«, antwortete Grace. »Soll ich das da eben einscannen?«

»Ja, gerne. Und vielleicht noch eine kleine Bildunterschrift. Du weißt schon das Übliche. Seit gestern Abend vermisst … zuletzt gesehen … und so weiter.«

Jack reichte das Bild an Grace weiter, die es sofort aus dem Rahmen zu lösen begann.

Sarah wartete kurz, ehe sie fragte: »Wie wäre es mit einem Spaziergang, Jack? Notizen vergleichen?«

Er stand auf. »Super. Dann lasse ich Grace hier mal lieber wieder an ihre Arbeit zurück.«

»Gott, ja. Mit dem riesigen Projekt bin ich fast durch«, sagte Sarahs Assistentin. »Das letzte in diesem Jahr, und danach gehts ab in die Ferien!«

»Ich habe auch nur noch eine Sache zu erledigen«, merkte Sarah an. Allerdings war ihr bewusst, dass sie mit diesem Fall auf dem Tisch reichlich rotieren musste, um bis Heiligabend mit allem fertig zu werden.

Natürlich könnte sie Grace bitten einzuspringen, was ihre Mitarbeiterin auch tun würde. Doch lieber wollte sie ihrer fleißigen und engagierten Assistentin einige freie Zeit gönnen.

»Bis dann, Jack«, sagte Grace und nahm das Foto mit zum Scanner.

Sarah sah, wie Jack ihr zulächelte, und machte sich als Erste auf den Weg nach unten.

Der beißende Wind hatte kein bisschen nachgelassen, obwohl die

Sonne durchgekommen war und die verschneite Straße zum Glitzern brachte.

Als sie an den Weihnachtsbuden vorbeigingen, waren dort schon die Standbetreiber dabei, den Schnee wegzuschaufeln.

Bis zum frühen Abend würden sie die Wege so weit freigeräumt haben, dass es den Leuten möglich wäre, gefahrlos über den Weihnachtsmarkt zu schlendern und die Lichter zu bewundern. Eine perfektere Bilderbuchkulisse könnte dieses oder irgendein Cotswolds-Dorf wohl kaum bieten.

Und dennoch wollte sich bei Sarah angesichts des vermissten Bills keine rechte Weihnachtsstimmung einstellen.

Sie erreichten das Ende der Buden nahe der Kirche, und Jack drehte sich zu Sarah um.

»Übrigens muss ich noch ein wenig einkaufen, sobald die Buden aufmachen. Also, was hast du herausgefunden?«

»Nicht viel, leider.«

Und nach ihrem kurzen Bericht war Jack an der Reihe.

Sarah nickte. Wie immer enttäuschten Jacks Entdeckungen nicht.

»Also, Bill hat Geld«, sagte sie. »Und das schon seit einer ganzen Weile. Interessant ist aber, dass jeder eine andere Quelle dahinter vermutet.«

»Die Mutmaßungen reichen vom Bergbau bis hin zu Immobilien. Die Frage ist: Warum gibt es so viele Versionen der Geschichte?«

»Könnte ihm vielleicht peinlich gewesen sein, dass er sein Geld mit Lastwagen verdient hat?«

»Möglich wärs«, erwiderte Jack. »In den Staaten ist nichts dabei, aber ich habe den Eindruck, dass es hier kein angesehener Weg ist, reich zu werden.«

»›Das Gewerbe‹ wurde es hier früher genannt. Und es stimmt, dass es in den Augen mancher keine angesehene Art ist, zu Geld zu kommen.«

Sie wandte den Blick ab.
»Genau.«
Dann sah sie wieder zu Jack. »Offen gesagt, bekomme ich zusehends ein übles Gefühl bei dieser Geschichte.«
»Da wären wir schon zwei.«
»Ich meine was sind die Möglichkeiten? Erstens: Bill wurde plötzlich krank, er ist weggegangen, hat sich im Schnee verirrt …«
»Denkbar«, sagte Jack. »Aber ich vermute, dann hätte ihn inzwischen jemand gefunden.«
»Eben. Also zur zweiten Möglichkeit: Er ist mal wieder irgendwohin verschwunden, hat sich amüsiert, Dampf abgelassen, was auch immer. Allerdings blieb er noch nie so lange weg.«
»Richtig. Das scheint mehr als bloß ›Dampfablassen‹ zu sein. Womit wir bei der dritten Möglichkeit wären: Er ist einfach ›ausgestiegen‹, wie ihr es nennt. Hat sein altes Leben hinter sich gelassen.«
»Aus einer Laune heraus?«, sagte Sarah. »Unmittelbar bevor er die Kindergeschenke verteilen soll? Ich weiß nicht das kann ich mir nicht vorstellen.«
»Ich auch nicht. Natürlich gibt es noch eine andere Option, über die wir bisher nicht geredet haben.«
»Und die wäre?«, fragte Sarah.
»Jemand hat ihn verschleppt, direkt vom Parkplatz weg.«
»Was? Im Ernst?«
»So etwas kommt vor.«
»Aber warum Bill?«
Jack zuckte mit den Schultern. »Vielleicht ein alberner Streich?«
Sarah dachte nach. »Du meinst, ein paar Typen, die zu viel getrunken haben, sehen den Weihnachtsmann und zerren ihn in einen Wagen?«
»Zum Beispiel. Bloß ein blödes Spiel.«

»Aber bestimmt hätte der Spaß nach wenigen Stunden seinen Reiz verloren, wenn sie wieder nüchtern wären. Würden sie ihn dann nicht laufen lassen?«

»Jap. Aber was ist, wenn es einen Unfall gab? Wenn etwas schiefgegangen ist? Sie geraten in Panik, lassen ihn irgendwo zurück …«

Für einen Moment schwieg Sarah. »Jetzt machst du mir richtig Angst.«

»Ich versuche bloß, alle Möglichkeiten in Betracht zu ziehen. Es würde helfen, wenn wir mehr über Bill wüssten.«

»Das denke ich auch. Aber bisher haben wir kaum etwas über ihn. Jedes Mal, wenn ich denke, dass ich eventuell ein klareres Bild von ihm bekomme, scheint er einfach zu verschwinden.«

»Meinst du, dass du dir heute Nachmittag ein bisschen Zeit freimachen und online nachforschen kannst?«

Sarah holte tief Luft. »Wir haben momentan sehr viel zu tun. Doch wie du immer sagst, werden Spuren schnell kalt. Und falls Bill etwas passiert ist …«

»Super. Ich würde dir helfen, wenn ich es irgendwie könnte, aber du bist die mit den Zauberkräften.«

»Es kann gut sein, dass ich jemanden um Hilfe bitten muss.«

»Ah, deinen Freund in London?«

»Kein Wort darüber«, entgegnete sie grinsend. »Aber ja, er ists.«

»Okay. Ich denke, ich möchte mir die Buden ansehen, vielleicht auch noch mal den Schauplatz.«

»Eines Verbrechens?«

Hierauf zuckte Jack erneut mit den Schultern. »Wie gesagt …«

»Dann bis später! Ich halte dich auf dem Laufenden.«

Mit diesen Worten machte Sarah kehrt und ging zu ihrem Büro zurück.

Für einen Moment stand Jack nur regungslos da.

Der Wind, der so erbarmungslos beißend gewesen war, hatte plötzlich nachgelassen. Und nun, da die Buden geöffnet hatten und die ersten Kunden kamen, um nach dem perfekten Geschenk zu suchen, noch dazu im Sonnenschein, wirkte alles geradezu magisch.

Von seiner Position aus konnte Jack hinüber zur St.-James-Kirche sehen.

Einige Männer standen auf einem Gerüst und drapierten Tannenzweige über der Kirchentür.

Wie nennen sie das?

Jack versuchte, sich aus seiner Zeit in Brooklyn zu erinnern, als sie noch pflichtbewusst in die örtliche katholische Kirche gegangen waren um ihrer Tochter willen. Die Predigten, die Sonntagsschule …

Ach ja! Die Begrünung der Kirche.

Und diese stolze alte Sandsteinkirche sah mit den Tannengirlanden, die sich von einer Gebäudeecke über den Eingang zur anderen erstreckten, wirklich wunderbar aus.

Alles bereit für einen fantastischen Heiligabend … und Weihnachtsfeiertag.

Obwohl in diesem Jahr der Weihnachtsmann durch Abwesenheit glänzte.

Jack sah zu einer Bude in der Nähe. Dort wurden uralte Bücher und ein antikes hölzernes Schreibpult angeboten, das man auf dem Schoß hielt. Außerdem gab es dort klassische Wanduhren, die verblüffenderweise alle dieselbe Zeit anzeigten.

Bei einem Fall legte Jack grundsätzlich viel Wert auf Zeit zum Nachdenken. Da er überdies noch ein Weihnachtspräsent brauchte und die Buden nach und nach öffneten, als wären sie selbst große Kartons mit Geschenken, begann er über den Markt zu schlendern die Augen auf all die dargebotenen Waren gerichtet.

Aber dabei dachte er weiterhin nach. Jetzt wurde eine grundsätzliche Frage klarer:

Wenn Bill wirklich Geld hatte, dann war es ein Rätsel, woher das kam und auch, ob es mit seinem Verschwinden zusammenhing.

Jack war bald so tief in Gedanken versunken, dass er die Angebote in den Buden kaum noch wahrnahm; und er erschrak, als jemand seine Schulter berührte.

»Jack.«

Er wirbelte herum und erblickte Reverend Hewitt. Der Geistliche war in seiner Kleriker-Gewandung und dem dunklen, altmodischen Schal, den er sich fest um den Hals gewickelt hatte, entschieden zu dünn gekleidet.

»Reverend Hewitt …«

Jack mochte den jungen Vikar.

St. James war eine feste Institution im Dorf und in vielerlei Hinsicht dessen Seele. Der Ort, an dem die Leute in Cherringham heirateten, ihre Toten betrauerten und zu Ostern den Frühling feierten. Nicht zu vergessen Weihnachten, gegen dessen Magie sich nicht mal die hartgesottensten Erwachsenen sträuben konnten.

»Ist alles bereit für Ihre große Woche?«

Der Vikar lächelte und nickte den Männern zu, die immer noch dabei waren, Girlanden anzubringen.

»Ja, wir haben es fast geschafft. Und von drinnen sieht die Kirche schon wundervoll aus. Ich möchte schwören, dass sich die Damen vom Blumenschmuck wie in jedem Jahr selbst übertreffen. Ich werde Sie doch auch sehen, nicht wahr, Jack?«

Obgleich Jacks Beziehung zu Gott alles andere als gefestigt war, hatte er sich beinahe automatisch in den Rhythmus von St. James eingefunden. Hin und wieder sprang er im Chor ein und war immer zur Stelle, um bei irgendwelchen Planungen zu helfen.

Außerdem war er immer gerührt, wenn er hinten in der

Kirche die Gedenktafel für die Kriegsopfer sah. Der Zweite Weltkrieg, mit dem alle Kriege enden sollten … und es doch nicht taten. Und dann noch das Denkmal für diejenigen, die zur See gefahren und nicht wieder zurückgekehrt waren. Schließlich war dies hier eine Insel.

Jack, der am Meer aufgewachsen war und für den Boote und der Atlantik immer einen wesentlichen Bestandteil seines Lebens gebildet hatten, ging es jedes Mal nahe, die eingravierten Namen und das Alter derer zu sehen, die gestorben waren. Manche waren noch nicht mal achtzehn gewesen unfassbar jung , als ihre Schiffe sanken und ihnen das Leben entrissen wurde.

»Das versäume ich gewiss nicht.«

Und plötzlich, als die Sonnenstrahlen in Hewitts Gesicht glänzten und ihm beim Atmen dünne Frostwolken aus dem Mund entstiegen, kam Jack eine Idee.

»Ach, Reverend, haben Sie eventuell einen Moment Zeit?«

Hewitts Gesichtsausdruck zufolge ahnte der Vikar bereits, was Jack mit ihm besprechen wollte.

10. Der Unsichtbare

Sarah sah in ihren E-Mail-Eingang, der überquoll von Updates, Anfragen von Leuten, die Projekte in Auftrag geben wollten, Nachrichten von Kunden, die Entwürfe für den Druck absegneten und natürlich von zahlreichen Sonderangeboten für die Nachweihnachtszeit.

Woher soll ich die Zeit nehmen, über Bill Vokes nachzuforschen?

Dann bemerkte sie, dass Grace zu ihr herübersah.

»Alles klar bei dir, Sarah?«

Sarah blies sich eine verirrte Haarsträhne aus der Stirn. Sie würde gerne zum Friseur gehen, sich vielleicht einen besonderen Schnitt für Weihnachten machen lassen; nur konnte sie schon von Glück reden, wenn sie es heute Abend schaffte, ein Essen für ihre Kinder auf den Tisch zu bringen.

Manchmal ist es schwierig, alles unter einen Hut zu bringen.

»Ja, nur ich *glaube*, es ist machbar, aber …«

»Kann ich dir helfen? Ich bin hier fast durch.«

Sarah grinste sie begeistert an.

»Würdest du? Oh Mann, du bist ein Schatz!«

Sarah erklärte ihr kurz, was noch bei den Druck- und Werbebroschüren zu tun war.

»Gut, wird gemacht«, sagte Grace. »Und jetzt widme du dich dem, was du zu tun hast.«

Wieder lächelte Sarah, nickte und wandte sich dem gemeinhin allwissenden Monitor zu in der Hoffnung, dass er ihr bald das Geheimnis enthüllen würde, wer dieser Bill Vokes in Wirklichkeit war.

»Ich habe überlegt, ob ich Sie etwas fragen darf, Reverend Hewitt.«

Der Vikar zögerte nur kurz. »Ähm, selbstverständlich, Jack. Nur zu.«

»Es geht um Bill Vokes …«

»Ah ja … das ist eine sehr verstörende Geschichte. Unbegreiflich.«

»Sarah und ich versuchen herauszufinden, was mit ihm geschehen ist.«

»Und Sie hatten noch kein Glück?«

»Nicht so richtig. Aber mir fiel eben ein, dass er Ihr Weihnachtsmann ist …«

»Der des *Dorfes*«, korrigierte der Vikar ihn schmunzelnd.

»Ja, nur kommt er auch zu den Messen in die Kirche? Beteiligt er sich sonst an Sachen?«

Der Vikar wurde nachdenklich, und so, wie er den Blick senkte, nahm Jack an, dass seine Frage noch etwas anderes ausgelöst hatte.

»Nein, eigentlich nicht. Ich meine, als Weihnachtsmann ist er der Star des alljährlichen Kinderfestes. Aber ansonsten? Leider nicht.«

»Also kennen Sie ihn nicht besonders gut?«

Noch eine Pause. Der Vikar kratzte sich am Kopf.

»Nein, ich kann nicht behaupten, dass ich viel über ihn weiß. Abgesehen von dem, was ich über ihn gehört habe.«

»Und was?«

»Nun, es kommt mir nicht zu, Klatsch und Tratsch weiterzutragen, doch ich weiß, dass er gerne trinkt. Ach ja, und ich habe gehört, dass er hin und wieder mal einfach verschwindet.«

Hewitt verstummte.

»Sonst nichts?«, hakte Jack nach.

Wieder sah der Vikar weg, als wäre er mit sich im Zwiespalt. Dann blickte er Jack an.

»Was soll ich sagen, Jack Brennan? Ich könnte mir denken, dass es in Ihrer Pfarrkirche in Brooklyn nicht anders war …«

»Damals«, ergänzte Jack lachend.

»Nun, was man dem Vikar, Priester oder Rabbi erzählt, ist sozusagen geschützt. Das Schweigegelübde, nicht wahr?«

»Ja, sicher. Doch wenn es darum geht, Bill zu helfen, drückt der liebe Gott vielleicht mal ein Auge zu.«

Der Vikar nickte.

Und dann schien er zu einem Entschluss zu kommen.

»Na schön. Ich erzähle Ihnen etwas, das eventuell hilfreich ist. Oder auch nicht.«

»Vielen Dank!«

»Es muss ungefähr sechs oder sieben Jahre her sein … kurz nachdem ich herkam. Bill hat, ähm, anscheinend schon ewig die Weihnachtsfeier gemacht, aber ich war damals neu im Dorf …«

Jack wartete angespannt, dass Hewitt fortfuhr.

»Und wie jeder neue Vikar war ich bemüht, Kontakte zu allen Leuten hier zu knüpfen. Also habe ich nach der Feier, als er sein Weihnachtsmannkostüm wieder ausgezogen hatte, versucht, mit ihm ins Gespräch zu kommen.«

»Und daraus wurde nichts?«

»Nicht so richtig. Es entstand überhaupt keine Unterhaltung. Bis zu jenem Tag wusste ich natürlich schon, dass er kein regelmäßiger Kirchgänger war. Und dennoch hatte er ein gutes Herz und tat Wunderbares für die Kinder.«

Er holte Luft, und noch eine Frostwolke stieg auf.

»Aber ansonsten war er ein Rätsel.«

»Ja, so viel habe ich auch schon mitbekommen.«

»Dann jedoch, als ich mich anschickte zu gehen man könnte auch sagen, als ich den Rückzug antreten wollte hielt er mich auf einmal zurück.«

»Hm?«

»Wie sich herausstellte, hatte er eine recht tiefgründige Frage …«

Der allwissende Monitor mit seinen Links zu fast allem aus der Vergangenheit verriet Sarah …

… rein gar nichts.

Nichts über Bill Vokes, außer den jährlichen Ankündigungen seiner Auftritte als Weihnachtsmann.

Keine Web-Geschichten, keine Bilder, keine offiziellen Aufzeichnungen, keine E-Mail-Adresse nichts.

Das, dachte Sarah, *hat es noch nie gegeben. Es ist doch immer … irgendwas da.*

Sogar, wenn jemand sein Leben lang offline war.

Ein leises »Pling!« kündigte eine E-Mail an. Heute Morgen hatte sie eine Mail an ihren alten Freund Phil in dessen Londoner Sicherheitsfirma geschickt. Er besaß Zugang zu jeder Datenbank, die irgendwem bekannt war, und Sarah hatte ihn gebeten, ihr ein paar Hintergrundinformationen zu Bill zu besorgen. Hier war seine Antwort, und die fiel so kurz aus, dass Sarah nur Sekunden brauchte, um sie zu lesen.

Wer ist dieser mysteriöse Mr Vokes, Sarah? Bisher … nix. Nada. Null.

Normalerweise würde Sarah sagen, dass das ausgeschlossen war. Und es drängte sich die unausweichliche Frage auf: Wie konnte Bill Vokes verschwinden, wenn es gar keinen Bill Vokes gab?

Sie musste laut gestöhnt haben, als sie ein weiteres Mal vor dem Nichts stand, denn als Nächstes hörte sie die Worte: »Geht es nicht so gut voran?«

Sarah blickte hinüber zu ihrer Assistentin. Bei wenigen Gelegenheiten hatten sich Jack und Sarah ein kleines bisschen von Grace bei ihrer Ermittlungsarbeit helfen lassen.

Doch in diesem Fall gab es anscheinend nichts zu tun.

»›Nicht so gut‹ ist noch optimistisch formuliert.«

Grace nickte und zügelte wie immer ihre Neugier.

»Hast du vielleicht irgendwas vergessen? Etwas übersehen?«

»Nein, ich …«

Dann unterbrach sie ihren eigenen Gedanken. Sie machte es sich viel zu einfach, indem sie so schnell reagierte.

Grace simple Frage verdiente eine Antwort zumindest in ihrem eigenen Kopf für ihr eigenes Selbstvertrauen.

Etwas übersehen?

»Danke, Grace! Du hast mich eben an etwas erinnert, das ich noch machen könnte.«

Grace lachte. »Und dabei habe ich bloß eine Frage gestellt.«

Auch Sarah lachte. »Na ja, viel mehr machen Jack und ich ja auch nicht!«

Dann wandte sie sich wieder ihrem Bildschirm zu.

»Er hatte nur eine einzige Frage an mich«, sagte Hewitt.

Jack hätte nicht neugieriger sein können, was das für eine Frage war.

»Er sagte: ›Vikar, wiegt das Gute, das man tut, das Böse auf?‹«

»Wow! Das ist wirklich eine Frage von großer Bedeutung.«

»Absolut. Ich wünschte, es gäbe eine klare, eindeutige Antwort, denn letztlich sollten wir uns das wohl alle fragen.«

»Und verraten Sie mir, was Sie geantwortet haben?«

»Nun, nachdem ich versucht hatte, mit ihm ins Gespräch zu kommen, war ich zunächst irgendwie geschockt. Wir waren in der Sakristei die Kinder und die Familien längst gegangen , und Bill hatte sein Kostüm zwar nicht mehr an, trug aber noch die hohen schwarzen Stiefel. Es war ein ziemlich bizarrer Moment, sage ich Ihnen.«

»Ja, kann ich mir vorstellen.«

»Also sagte ich: ›Bill, wir sind alle ein Gleichgewicht aus Gut und Böse. Aber ich denke, dass am Ende aller Tage und vor den Augen des Herrn das Gute schwerer wiegt.‹«

»Eine weise Antwort.«

»Danke, Jack! Allerdings muss ich gestehen, dass mich diese Frage aus heiterem Himmel eiskalt erwischte. Ich kannte Bill ja kaum, und es war so, ich weiß nicht … so …«

»Persönlich?«

»Genau. Das war keine beiläufige Frage.«

»Eines noch …«

»Ja?«

»Hat er irgendwas erwidert?«

Abermals sah der Vikar weg und versuchte, sich zu erinnern.

»Ähm, ich glaube, er sagte etwas wie ›Dachte ich mir schon … aber gut zu wissen‹.«

»›*Gut zu wissen …*‹«

Hewitt nickte.

Und obwohl Jack nicht glaubte, dass diese sehr kurze, viele Jahre zurückliegende Unterhaltung über solch ein gewichtiges Thema wie ein »Sesam öffne dich« wirken und enthüllen würde, was mit Bill passiert war, brachte sie ihn doch ins Grübeln.

Dieser kurze Einblick in Bills rätselhaften Charakter könnte noch wichtig sein.

Verdammt wichtig.

»Vielen Dank! Dann sehe ich mal lieber zu, dass ich das letzte Geschenk auftreibe, nach dem ich noch suche.«

»In diesem Jahr ist die Auswahl sehr groß«, sagte Hewitt mit Blick zu den Buden voller regionaler und selbst gemachter Waren aller Art. »Und ich muss zurück in die Kirche, sonst begraben meine Damen noch Altar und Kanzel unter riesigen Haufen von Tannenzweigen.«

Jack grinste, als sich der Vikar umdrehte der wahrscheinlich fröstelte, da ihn einzig sein Schal wärmte und auf den Rückweg zur jahrhundertealten Kirche machte.

Wieder mal dachte Jack: *Ich bin wahrlich kein überzeugter Kirchgänger, und das aus vielerlei Gründen. Aber hier, in diesem Dorf und mit dieser Kirche, diesem Vikar …*

Ja, da macht es absolut Sinn.

Und mit diesem Gedanken begab sich Jack erneut zwischen all den Ständen auf die Suche nach einem passenden Geschenk. Die Uhr für Weihnachten tickte.

Gleichwohl dachte er immer wieder an das wenige, das er über Bill erfahren hatte. Was wirklich sehr wenig war.

Dabei brauchten Sarah und er dringend einen großen Durchbruch.

Und Jack wusste, dass man den oft an den erstaunlichsten Orten erzielte.

11. Eine kleine Barauszahlung

Sarah dachte an etwas, das Emily Vokes erwähnt hatte. Etwas, dem Jack und sie nicht viel Bedeutung beigemessen hatten.

Das Gewerbegebiet oben beim alten Flugplatz, wo Bill an seinen Autos bastelt. Solch ein Ort … musste doch ein Tor haben, das jemand bewachte und wo kontrolliert wurde, wer kam und ging.

Könnte Bill dorthin gegangen sein? Verkatert? Verwirrt? Angeschlagen und auf der Suche nach einem ruhigen Rückzugsort?

Einen Versuch war es wert, dort einmal anzufragen.

Die Telefonnummer hatte sie schnell gefunden. Aber nach dem achten Klingeln sprang ein Band an. Wieder eine Sackgasse!

Dann jedoch meldete sich jemand.

Die Stimme klang rau, als wäre der Mann am anderen Ende der Verbindung eben erst aus dem Bett gestiegen.

Nur dass es schon Mittag war.

»Was wollen Sie?«

Sarah begann mit der Bitte, ob der Mann ihr vielleicht mit einigen Informationen weiterhelfen könnte. Über Bill Vokes und den von ihm angemieteten Platz im Lagergebäude. Ob Bill in letzter Zeit dort gewesen war, und …

Der Mann unterbrach sie mit einem schleimigen Räuspern und einer patzigen Antwort.

»Bedaure, *Miss*, aber wir geben *gar keine* Informationen raus, über *keinen*, der hier was mietet. Streng *ver-trau-lich*!«

Sarah vermutete, wenn die Polizei aufkreuzte, würde sich das »Streng vertraulich« rasch in Wohlgefallen auflösen und dieser verkniffene Mund wie von Zauberhand aufgehen.

Aber die Karte konnte sie nicht ausspielen.

Stattdessen versuchte sie es mit der folgenden Argumentation: »Ah ja, das weiß ich, aber … ich rufe aus Cherringham an, und unser beliebter Weihnachtsmann wird vermisst. Er ist recht alt, wissen Sie? Ich habe gehört, dass er eine Werkstatt bei Ihnen draußen gemietet hat, und die Familie, die Kirche …« nun die Trumpfkarte für jeden mit einem Herzen »… und alle Kinder sind äußerst besorgt.«

Sie verstummte und wartete ab, ob der Mann am anderen Ende in Scrooge-Laune bleiben würde.

Als er keine Antwort gab, fügte sie hinzu: »Ich möchte nichts weiter als nachfragen, ob er heute bei Ihnen war. Danach würden wir selbstverständlich über die offiziellen Kanäle weiterforschen.«

Stille.

Wog er die rechtlichen Aspekte ab?

Vielleicht sollte Sarah ihm die Sache etwas versüßen.

»Es würde uns so viel bedeuten … erst recht in der Weihnachtszeit …«

Am anderen Ende der Verbindung wurde tief Luft geholt.

»Haben Sie mich nicht verstanden? Erstens geben wir keine Informationen über unsere Kunden raus. Zweitens könnte ich Ihnen nicht mal was sagen, wenn ich dürfte, weil ich noch nie von diesem Bill Vokes gehört habe. Und drittens haben wir verdammt noch mal über Weihnachten zu. Haben Sie das kapiert?«

War sie paranoid, oder schwang da eine leichte Drohung in seinem Tonfall mit?

Unwillkürlich dachte sie auch: *Tut dieser Wachmann das für alle seine Kunden? Oder ist Bill Vokes etwas Besonderes? Haben sie eventuell ein spezielles Arrangement getroffen?*

Doch sie erkannte, wenn sich eine Tür fest verschloss.

»Okay, verstehe. Kein Problem.« Und so ernst, wie sie irgend konnte, ergänzte sie: »*Tausend* Dank für Ihre Hilfe!«

Die Leitung war tot.

Klasse. Noch eine Sackgasse.

Sie lehnte sich zurück und starrte ihren Computer an. Was jetzt? Auf ihrem Bildschirm klickte sie ein Fenster nach dem anderen zu und dachte dabei: *Ich muss das Durcheinander beseitigen und mich konzentrieren …*

In dem Augenblick sah sie, dass die Seite vom Cherringham Newswire geöffnet war. Bisher hatte sie noch nicht nach Reaktionen auf ihren Post zu Bills Verschwinden gesehen.

Vielleicht hatte das Foto von Bill und Emily ja irgendjemandes Gedächtnis auf die Sprünge geholfen.

Sie scrollte sich durch die Meldungen zu entlaufenen Hunden, die Sonderangebote des Schlachters, den Klatsch über irgendeine Planungsanfrage, bis sie bei den zwei Fotos ankam: Das erste zeigte Bill als Weihnachtsmann, das zweite Bill und Emily an ihrem Hochzeitstag.

Und darunter stand ihr Hilfeaufruf.

Die ersten Kommentare waren nicht weiter überraschend:

Bill ist verschwunden? Hihi! Mein Rat: Guckt mal im Ploughman nach!

Weihnachtsmann verzweifelt gesucht? Habt ihr schon mit den Elfen geredet?

Letzte Nacht hats wild gepoltert bei mir auf dem Dach typisch Bill!

Ein paar andere Zeitgenossen hatten »echte« Sichtungen des Weihnachtsmanns vom Abend gemeldet, doch es war offensichtlich, dass es sich bei denen nur um Leute von einer Kostümparty handelte oder um solche, die sich ein bisschen zu sehr von der Feierstimmung hatten hinreißen lassen.

Bei keinem handelte es sich um den echten Cherringham-Weihnachtsmann. Nicht um Bill Vokes.

Dann aber entdeckte Sarah einen Post von einem ihr unbekannten User-Namen: Clarissa.

Wichtig. Ich glaube, dass ich Informationen für Sie habe. Können Sie mich anrufen?

Es folgte eine örtliche Nummer.

Komisch, dachte Sarah. *Warum postet sie nicht, dass sie ihn gesehen hat, wenn das alles ist?*

Sie nahm ihr Telefon auf und wählte. War dies der Durchbruch, den sie brauchten?

Das Telefon klingelte und klingelte. Schließlich meldete sich eine Frauenstimme.

»Hawthorne Lodge Pflegeheim. Wie kann ich Ihnen helfen?«

Ein Pflegeheim?

Da ist Bill doch bestimmt nicht aufgetaucht!

Jack hatte fast das Ende der Budenreihe erreicht, als er es sah.

Das perfekte Geschenk.

Und wie ein zum Tode Verdammter, der in letzter Minute noch einen Aufschub gewährt bekam, nahm er das Ding auf, ohne sich um den Preis zu scheren. Derweil packte der Standbetreiber weiterhin Waren aus.

Was immer es kosten mochte es wäre das ideale Geschenk für Sarah.

Jack hielt es in die Höhe und drehte es langsam in der Nachmittagssonne.

Eine Lupe mit Silbereinfassung und Goldeinlagen exakt die Art von Vergrößerungsglas, wie sie sich Jack bei Sherlock Holmes vorstellte.

Er winkte dem Standbetreiber.

Der war ein bulliger Mann mit einem unrasierten, wettergegerbten Gesicht, und er trug einen dicken Wollpullover und eine eng anliegende Mütze: der Typ, für den die Weihnachtstage wohl vor allem eine Menge »Geschleppe« darstellten, wie man es in Brooklyn nennen würde.

»Wie viel macht die?«

Der Mann griff über die Auslage und nahm Jack die Lupe ab.

»Ah ja«, sagte er und betrachtete die Antiquität, als handelte es sich um einen guten alten Freund, den er nach langer Zeit wiedersah. »Eine ausgezeichnete Wahl, wenn ich das so sagen darf.«

Er legte die Lupe auf den samtbedeckten Tisch und musterte Jack, als versuchte er einzuschätzen, was dieser amerikanische Kunde lockermachen könnte.

»Wie viel wollen Sie dafür?«, fragte Jack.

Der Mann rieb sich das Stoppelkinn mit Daumen und Zeigefinger.

»Hundert?«

»Holla!«, entfuhr es Jack. »Das übersteigt mein Budget bei Weitem. Ich gebe Ihnen dreißig.«

»Achtzig.«

»Vierzig.«

»Fünfzig.«

»Abgemacht«, sagte Jack und zog die Lupe näher zu sich. Dann griff er in seine Brieftasche und zückte seine Karte, um damit zu bezahlen.

»Tut mir leid, nur Bargeld.« Der Mann schüttelte den Kopf. »Ich nehme keine Karten.«

»Ach so. Ich weiß aber nicht, ob ich so viel Bares bei mir habe.«

»Tja, da haben Sie Glück, Kumpel«, sagte der Mann und zeigte zur Greenwoods Bank gleich gegenüber. »Die haben noch offen.«

Jack fragte sich, ob es Zufall war, dass der Mann seinen Platz direkt gegenüber der einzigen Bank von Cherringham gewählt hatte.

Ziemlich schlau.

»Bin gleich wieder da«, erklärte Jack und überquerte die schneebedeckte Straße.

Er zog seine Karte durch den Leseschlitz am Eingang, sodass sich die Tür zum vorderen Bereich mit dem Geldautomaten öffnete, und ging hinein. Im selben Moment öffnete sich die Tür zur Schalterhalle, und ein Kunde kam heraus. Jack schaute automatisch in den Raum hinein, und sein Blick fiel auf eine Frau am Schalter, die sich gerade kurz zur Tür umdrehte.

Er erkannte sie sofort von dem Foto wieder, das Sarah ihm gezeigt hatte: Emily Vokes.

Er war ihr nie persönlich begegnet, hatte aber nicht den geringsten Zweifel, dass sie es war.

Das war eindeutig Bill Vokes Frau und was auch immer sie in der Bank machte, sorgte anscheinend für einigen Aufruhr.

Jack beobachtete, wie sie sich wieder zum Glasfenster drehte und vorbeugte. Neben ihr auf dem Tresen lag ein großer Koffer. Auf der anderen Seite der Glasscheibe standen zwei Bankmitarbeiter neben der sitzenden Kassiererin, und hinter ihnen entdeckte Jack den sichtlich aufgebrachten Roger Reed.

Was war da los?

Jack ignorierte den Geldautomaten, öffnete die Tür zum Schalterraum und trat ein. Er konnte nicht einfach zu dem Schalter gehen, sondern brauchte einen glaubwürdigen Vorwand, um hier zu sein, also blickte er sich um. Auf der einen Seite war ein kleiner Tisch mit Stapeln von Broschüren und Formularen, an dem zwei Stühle standen. Zielstrebig bewegte Jack sich auf den Tisch zu, setzte sich, griff willkürlich eines der Formulare und einen Stift und begann zu schreiben.

Er war zu weit weg, um zu hören, was die Bankangestellten sagten, doch nahe genug, um zu sehen, was vor sich ging.

Die Mitarbeiter zählten Geldscheine ab und wickelten sie zu festen Bündeln.

Eine Menge Geldscheine.

Zuerst zählte einer der Stehenden ein Bündel durch, dann überprüfte es der andere. Und schließlich zählte Roger selbst das Bündel ein drittes Mal nach, wobei er sich immer wieder die Finger an einem Schwämmchen befeuchtete.

Alle drei Mitarbeiter sahen gestresst und nervös aus.

Wer jedoch wäre das nicht, wenn er solche Summen zählen müsste?

Sobald jedes Bündel dreifach geprüft war, legte Roger es auf einen Stapel.

Jack zählte die Stapel. Angenommen, es handelte sich um Fünfziger und jedes Bündel enthielt fünfzig Scheine …

Oh Mann, dachte Jack. *Das müssen hunderttausend Pfund sein mindestens.*

Er sah, dass Emily sich erneut umdrehte: Ihr Blick huschte im Raum umher.

Jack war der einzige andere Kunde, und sie schien ihn direkt anzustarren. Rasch blickte er nach unten zu dem Formular und schrieb.

Als er bemerkte, dass Emily sich erneut zum Tresen gewandt hatte, sah er wieder verstohlen hin und beobachtete das Geschehen.

Bald darauf war alles gezählt, und Roger reichte Emily einige Papiere durch den Schlitz unten in der Glasscheibe, zusammen mit einem Stift. Jack beobachtete, wie sie die Dokumente unterzeichnete und zurückschob. Dann zeichneten die Bankmitarbeiter und Roger alles gegen.

Schließlich öffnete Emily ihren altmodischen Koffer, und Roger reichte ihr die Geldbündel einzeln unter dem Glas durch.

Und Emily nahm sie einzeln auf und stapelte sie in den Koffer.

Nachdem das letzte Bündel eingepackt war, schloss sie den Koffer und drückte die Ecken kräftig nach unten, weil sich die Stapel schon beinahe zu hoch wölbten.

Sorgfältig drehte Emily die kleinen Rädchen an den beiden Deckelschlössern.

Dann wechselte sie noch einige wenige Worte mit Roger dessen strenge Miene überaus besorgt wirkte , ergriff behutsam den Henkel des Koffers, drehte sich um und ging auf den Ausgang zu.

Aus dem Augenwinkel sah Jack sie an sich vorbeigehen, die Tür vorn öffnen und die Bank verlassen.

Nun blickte Jack zu Roger und den Mitarbeitern.

Sie schienen alle unter Schock zu stehen. Roger zückte ein Taschentuch und wischte sich die Stirn ab. Jetzt erst entdeckte er Jack an dem Tisch.

Jack blickte ihn abwartend an, während Roger die Tür zum Sicherheitsbereich öffnete und hinauskam, um ihn zu begrüßen.

»Mann«, sagte Roger. »Mann, Mann, Mann!«

»Roger«, antwortete Jack kurz.

»Mann, Mann!«

Jack sah, dass Roger immer noch heftig schwitzte und seine Wangen gerötet waren. Wieder holte er sein Taschentuch hervor und wischte sich die glänzende Stirn.

»Entweder war das der höflichste Bankraub, den ich jemals gesehen habe«, bemerkte Jack, »oder Emily Vokes hat soeben ihre gesamten Ersparnisse abgehoben.«

»In all meinen Jahren, Jack … In *all* den Jahren habe ich so was noch nie erlebt!«

»Eine Menge Geld.«

»Unglaublich.«

»Muss stressig für Sie gewesen sein, das abzusegnen.«

Prompt plusterte Roger sich ein wenig auf.

»Ein bisschen unerwartet, wissen Sie«, sagte er. »Aber das gehört alles zum Job. Das Leben als Leiter einer Bank stellt einen täglich vor neue Herausforderungen.«

»Das waren mindestens Hunderttausend.«

Roger beugte sich vor, bis sein Gesicht nahe an Jacks Ohr war. *Diskretion ist schon mal nicht seine Stärke.*

»Wohl eher Zweihundert, alter Knabe«, erwiderte er.

»Wow! Hat sie erzählt, warum sie das abhebt?«

»Kein Wort.«

»Tja, der Markt ist hart umkämpft«, sagte Jack betont harmlos. »Vielleicht bekommt sie woanders bessere Zinsen.«

»Ich glaube kaum, dass sie es auf ein halbes Prozent mehr Zinsen abgesehen hatte, Jack.«

»Nicht?«

»Nein, ich könnte mir eher vorstellen, dass sie die Drecksarbeit für unseren verschwundenen Mr Vokes erledigt.«

»Ah, eine weitere fragwürdige Investition, hm? Noch einer von diesen Offshore-Deals, die Sie erwähnten?«

Oder vielmehr unterstellten …

»Oh ja, sehr wahrscheinlich«, antwortete Roger, der sich inzwischen von seinem Schock erholt zu haben schien.

Und in diesem Moment sah Jack, dass der Bankmanager hinab zu dem Tisch und auf das Formular blickte, das er die letzten fünf Minuten auszufüllen vorgegeben hatte.

Jack schaute ebenfalls darauf. Unbewusst hatte er ein bärtiges Gesicht aus einigen der Felder gemacht und darunter einen großen, dicken Leib mit Beinen gezeichnet.

Der Weihnachtsmann auf seinem Schlitten.

»Ähm wollten Sie etwas Bestimmtes, Jack?«

Jack holte seine Bankkarte hervor.

»Tatsächlich wollte ich selbst ein bisschen Bargeld abheben«, antwortete er und stand auf. »Fünfzig dürften genügen.« Er klopfte Roger auf den Arm. »War aber nett, mit Ihnen zu plaudern. Und hat mich übrigens gefreut, Sie heute Morgen bei der Jagd zu sehen.«

Dann ging er zum Geldautomaten und dachte …

Sobald ich Sarahs Geschenk habe, muss ich rüber zu Emily Vokes Haus mal sehen, was sie mit dem Geld vorhat.

Und falls es die Familienersparnisse waren was genau war dann mit Bill Vokes passiert?

Zog er tatsächlich irgendwo im Verborgenen die Fäden? Hatte er wirklich Emily gebeten, das viele Geld abzuheben?

Steckte er in Schwierigkeiten und musste eine Art Schuld begleichen?

Oder hatte er vielleicht überhaupt nichts damit zu tun?

Könnte dies hier Emilys Werk sein?

Und falls ja, war Bill Vokes dann … tot?

12. Im Pflegeheim

Sarah umklammerte das Lenkrad mit aller Kraft und blickte auf ihren Tacho.

Im Licht der Autoscheinwerfer glitzerte die vereiste Straße vor ihr und mehr als einmal spürte sie, wie ihr sonst so spursicherer RAV4 hinten ausscherte, wenn sie eine Kurve nahm.

Im Hochsommer konnte man auf dieser Straße nach Chipping Norton schnell und doch sicher fahren, weil sie sich in sanften Linien durch Farmland und über lange Hügelkämme schlängelte.

Jetzt hingegen in der frühen Dunkelheit, wo der Asphalt kaum vom Schnee geräumt war und einem der nicht nachlassende Feierabendverkehr entgegenkam machte diese Strecke Sarah zunehmend nervös.

»Können Sie es mir nicht am Telefon erzählen?«, hatte sie Clarissa vorhin gefragt.

Aber nein Clarissa bestand darauf, dass sie sich von Angesicht zu Angesicht unterhielten.

Warum, wusste Sarah nicht.

Sie verlangsamte, als ein Wagen sie überholte und ihr Schneegriesel gegen die Windschutzscheibe schleuderte.

Was für ein Irrsinn auf diesem Eis!

Dann klingelte ihr Telefon. Sie tippte die Freisprechanlage an. Es war Jack.

»Sarah.«

»Hi, Jack, ich fahre gerade.«

»Ah, okay, das beantwortet schon mal meine Frage an dich. Ich hatte gehofft, ich könnte dich herbitten.«

»Wohin denn?«, fragte sie.

»Ich bin vor Emily Vokes Haus.«

»Was?«

Sarah hörte aufmerksam zu, als er ihr von dem vielen Geld erzählte, von seinen Theorien. Dann berichtete er, wie er Emily nach Hause gefolgt war, wo er sich nun auf der Straße den Hintern abfror, während er Emily durchs Wohnzimmerfenster beobachtete, die in aller Ruhe Tee trank und Fernsehen guckte.

»Tut mir leid, Jack, aber ich bin mindestens eine Stunde unterwegs«, sagte sie schließlich. »Stell dir vor, es hat sich jemand auf das Foto im Newsletter hin gemeldet: eine Frau in Chippy, die sagt, dass sie Informationen über Bill hat. Ich treffe mich gleich mit ihr.«

»Hm. Meinst du, das ist eine echte Spur?«

»Könnte sein«, antwortete Sarah und lenkte den Wagen vorsichtig um eine engere Kurve. »Obwohl es ein Pflegeheim ist … Und, na ja …«

»Erinnerungen sind nicht allzu verlässlich?«

»Eben. Das befürchte ich.«

Sie schwieg kurz und fragte dann: »Jack, denkst du ernsthaft, dass Emily im Alleingang handelt? Dass sie weiß, was mit Bill passiert ist?«

»Ich halte mir bloß alle Optionen offen.«

»Andererseits, wenn ich es recht bedenke, bin ich mir nicht ganz sicher, ob sie bei unserer kleinen Unterhaltung vollkommen ehrlich zu mir war.«

»Ach nein?«, erwiderte Jack. »Wie dem auch sei, fahr vorsichtig. Ich schätze, dass ich bei deiner Rückkehr immer noch hier bin. Such dann doch bitte nach einem Schneemann in einer dicken Steppjacke.«

Sarah fiel etwas ein.

»Jack, ruf Grace im Büro an. Ich weiß, dass sie noch da ist. Bitte sie, zu dir zu kommen, dann kannst du mit ihr im Wagen sitzen.«

»Denkst du, das ist okay für sie?«

»Machst du Witze? Eine Observierung mit Jack Brennan vom NYPD?«

»Früher mal beim NYPD gewesen.«

»Hey, wen kümmerts? Sie wird begeistert sein. Und ich muss jetzt Schluss machen. Ich glaube, ich bin da.«

Sie sah nach vorne, wo sie mit einiger Mühe das große Schild am Straßenrand erkennen konnte.

»Hawthorne Lodge Nursing Home Wir bringen Freude in Ihren Lebensabend.«

»Okay, dann bis später. Und nicht vergessen fahr vorsichtig!«

»Tue ich immer, Jack. Du bist der mit dem superschnellen Sportflitzer, nicht ich.«

»Ha, ja, stimmt auch wieder. Bis dann ...«

Sarah beendete die Telefonverbindung, nahm Gas weg und bog von der Straße in eine schneebedeckte Zufahrt.

Nach wenigen Sekunden mündete die Zufahrt in einen runden Platz vor einem großen Gebäude aus den 1930ern mit einer Menge Anbauten, die alle von unzähligen Lichterketten erhellt wurden.

So festlich geschmückt und beleuchtet, wirkte das Gebäude wirklich einladend. Es stand sogar ein Weihnachtsbaum gleich neben der Eingangstür.

Während Sarah auf dem Besucherplatz parkte, fragte sie sich:

Freude am Lebensabend?

Und dem folgte unweigerlich die nächste Frage: *Werde ich hier welche finden?*

Sarah musste nicht nach Clarissa fragen. Wie es sich herausstellte, war sie die stellvertretende Leiterin und öffnete höchstpersönlich Sarah auf deren Klingeln hin.

Sarah schüttelte ihr die Hand.

Dem Aussehen nach war Clarissa in den Vierzigern, forsch

und durchorganisiert; und sie empfing die Besucherin mit einem freundlichen Lächeln. Um Demenz musste Sarah sich schon mal keine Sorgen machen.

Nachdem sie die Vordertür geschlossen hatte, führte sie Sarah in ein kleines Büro, dessen Wände fast vollständig mit Notizen, Bekanntmachungen, Weihnachtskarten und Fotos bedeckt waren.

»Ich muss die Tür vorn immer abschließen«, erklärte sie, als sich beide hinsetzten. »Es braucht nur eine Sekunde, und schon könnte eine meiner Damen oder einer meiner Herren rausschleichen, ohne dass wir es merken. Die armen Leutchen …«

Sarah nickte lächelnd. Von einem ihrer früheren Fälle kannte sie das nur allzu gut …

»Wie dem auch sei, bei dem Wetter wollen Sie sicher schnellstens wieder nach Cherringham zurück, nicht wahr?«, fragte Clarissa. »Und ich vermute, dass Sie wissen möchten, warum ich Sie den weiten Weg hieraus bestellt habe.«

»Ja, genau das habe ich mich gefragt.«

»Selbstverständlich haben Sie das. Nun, kommen Sie erst mal mit mir.«

Sie stand auf und ging aus dem Büro, wobei sie Sarah bedeutete, ihr zu folgen.

Sie führte Sarah einen Flur hinunter, der aufwendig geschmückt war. Hier hörte Sarah, dass das Haus voller Leben war: Leute unterhielten sich, Weihnachtslieder dudelten aus einem Radio, irgendwo wurde in einer Küche herumgeklappert, ein Bad wurde eingelassen.

Pflegepersonal kam aus Zimmern und huschte lächelnd an ihnen vorbei.

Was den allgemeinen Pflegeheim-Standard betraf, schien es sich bei der Einrichtung hier tatsächlich um eine der netteren ihrer Art zu handeln.

Eine Pflegerin schob einen gebrechlichen alten Mann in einem Rollstuhl, dessen Beine von einer Decke verhüllt waren.

»Hier hinein«, sagte Clarissa und blieb bei einer offenen Tür stehen.

Sarah ging rein und blickte sich um. Es war ein leeres Zimmer mit einem einzelnen großen, gittergeschützten Bett, einem Kleiderschrank, einer Kommode, einem Nachtstuhl und einer Hebevorrichtung.

Das Bett war ordentlich gemacht, und neben ihm befand sich ein Nachtschrank, auf dem Fotos standen.

Clarissa zeigte zu den Fotos, und Sarah trat näher heran, um sie sich anzusehen.

Nach wenigen Schritten erstarrte Sarah.

Ja, das war er!

Unmöglich konnte sie sich irren, was die Identität des Mannes auf den Bildern anging.

Bill Vokes!

Es waren an die zehn Fotos, die vermutlich im Laufe von fünfzig oder mehr Jahren aufgenommen worden waren.

Ein oder zwei waren in Schwarz-Weiß: Bill als Baby, wie Sarah annahm, auf dem Schoß seiner Mutter. Bill in einem Spielzeugauto und zwei Erwachsene, die auf ihn achtgaben. Bill als Teenager mit Haartolle, der nun schon wie der Bill Vokes aussah, den Sarah kannte.

Dann Bill in seinen Vierzigern und einem schicken Achtzigerjahre-Anzug mit einem älteren Paar an seiner Seite.

»Das ist er, nicht wahr?«, fragte Clarissa.

»Ja, eindeutig«, antwortete Sarah. »Aber dieses Zimmer wer wohnt hier?«

»Miriam, seine Mutter.«

Seine Mutter?

Emily hatte doch gesagt, dass Bills Eltern jung gestorben wären.

»Wo ist sie? Oh, sie ist doch nicht …?«

Für eine Sekunde fragte Sarah sich, ob Miriam wohl gerade das Zeitliche gesegnet hatte.

»Nein, keine Angst, ihr geht es gut«, sagte Clarissa. »Nun ja, halt so gut, wie es einer langjährigen Demenzpatientin gehen kann. Sie ist im Moment beim Abendessen. Wir können gleich zu ihr gehen, dann stelle ich sie Ihnen vor. Ich dachte nur, dass Sie dies hier vorher sehen sollten.«

Hat Bill das hier all die Jahre vor seiner Frau geheim gehalten? Und, wenn ja, warum?

»Kann sie denn mit mir reden?«

»Kommt drauf an. An manchen Tagen kann sie den Dingen für eine Weile Sinn abgewinnen. An anderen Tagen … weniger. Es ist ein bisschen wie Glücksspiel, falls Sie verstehen, was ich meine.«

»Ah, okay«, sagte Sarah. Sie verstand es, hatte ihre eigene Großmutter doch ihre letzten Jahre in einem Heim nahe Cherringham gelebt.

»Clarissa, verzeihen Sie die Frage aber warum wollten Sie unbedingt, dass ich heute Abend herkomme? Mir ist nicht ganz klar, warum wir dies hier nicht am Telefon klären konnten.«

»Nun, die Sache ist die, dass Miriam zwar Bills Mum ist so viel steht fest , nur heißt sie nicht Vokes.«

Sarah sah Clarissa verblüfft an.

Worauf läuft all das hinaus?

»Sie heißt Armitage genauso wie Bill.«

»Wie bitte?«

»Sehen Sie sich das Bild von Mutter und Baby an und drehen Sie es um.«

Sarah setzte sich auf die Bettkante, nahm das Foto und drehte es um. Hinten im Rahmen klemmte ein zusammengefaltetes Stück Papier.

Behutsam zog Sarah es heraus und klappte es auseinander. Dann las sie schweigend.

Mutter: Miriam Armitage, Schneiderin. Vater: Kenneth Armitage, Mechaniker.

Und der Name des Kindes: William Roger Armitage.

Bill Armitage.

»Sehen Sie sich auch mal die Rückseite von diesem hier an«, sagte Clarissa und reichte Sarah das Foto aus den Achtzigerjahren. Sarah drehte es um und entdeckte eine handschriftliche Notiz.

Ich, Ken und unser Bill an seinem Vierzigsten.

Sarah stellte das Foto zurück und drehte sich zu Clarissa um.

»Demnach kennen Sie Bill? Kommt er manchmal her?«

»Nein«, erwiderte Clarissa. »Ich habe ihn noch nie gesehen. Aber ich hörte von einem unserer Gäste, dass er früher hin und wieder vorbeigeschaut hat, als seine Mum neu hier aufgenommen worden war.«

Hm, dachte Sarah. *Kann es das sein, was Bill einst in die Cotswolds lockte?*

»Eines kann ich Ihnen allerdings noch sagen. Er mag sie hier nicht mehr besuchen, doch er kommt seit zwanzig Jahren für ihre Unterbringung auf per Dauerauftrag, verlässlich wie ein Uhrwerk.«

Sarah sah wieder das Foto an und schüttelte den Kopf. Sie begriff nicht, was all dies zu bedeuten hatte.

»Es ist seltsam, nicht wahr?«, wunderte sich Clarissa. »Wollen wir mal probieren, ob wir irgendwas von Miriam in Erfahrung bringen, ehe Sie wieder fahren?«

»Klar«, antwortete Sarah und stand auf. »Warum nicht?«

Sarah folgte Clarissa in den großen Aufenthaltsraum.

Sie blickte sich um. Ein Dutzend alter Leute saß in Sesseln unter bunter Papierdekoration. Einige schliefen. Andere trugen Papierhüte, die allesamt auf den Köpfen verrutscht waren.

Wieder andere starrten ins Leere.

Im Hintergrund spielte Musik; es war natürlich ein Weihnachtsklassiker.

Clarissa nickte zu einer alten Dame, die am Fenster saß und den Kopf an ein Kissen gelehnt hatte. Sarah ging auf sie zu.

»Miriam? Mrs Armitage?«

Die Frau drehte den Kopf zu ihr, doch ihre Augen schienen kaum etwas bewusst zu erfassen.

Sarah ging in die Hocke, legte eine Hand auf die der alten Frau und drückte sie sanft.

Wo ich schon hier bin, kann ich es auch versuchen, dachte sie. »Miriam, darf ich Sie etwas zu Bill fragen?«

Die Frau starrte zu ihr, rührte sich jedoch nicht.

»Bill? Ihr Sohn, wissen Sie noch?«

Für einen Sekundenbruchteil zeigte sich die Andeutung einer Bewegung auf Miriams Zügen. Sie beugte sich ein wenig vor und flüsterte.

Sarah neigte sich näher, damit sie Miriam verstand.

»Mein Bill?«, fragte Miriam und wirkte auf einmal besorgt. Ihre Augen verengten sich. »Steckt er wieder in Schwierigkeiten?«

Gleich darauf schien der Gedanke mitsamt der Frage wie weggeblasen.

Sarah sah, wie die Frau wieder in ihr Kissen zurücksank.

»Nein, Miriam«, antwortete Sarah. »Er steckt nicht in Schwierigkeiten. Ich möchte Sie nur etwas über ihn fragen.«

Sie wartete auf eine Reaktion, doch die alte Frau hatte ihren Kopf weggedreht und die Augen geschlossen. Anscheinend war sie soeben eingeschlafen.

Sarah sah zu Clarissa, die den Kopf schüttelte.

»Ich dachte mir schon, dass Sie von ihr nicht viel erfahren«, sagte sie. »Aber einen Versuch war es wert.«

Sarah richtete sich auf.

»Ich weiß nicht, ob etwas hiervon Ihnen helfen kann, Bill zu finden«, fuhr Clarissa fort. »Bill Vokes oder Bill Armitage.«

»Könnte sein. Auf jeden Fall danke ich Ihnen vielmals, dass Sie sich gemeldet haben.«

Sarah ging hinter ihr her zur Eingangstür und blieb stehen.

»Haben die Leute hier viele Besucher?«, fragte sie. »Es kommt mir so traurig vor, besonders jetzt in der Weihnachtszeit.«

»Oh ja, keine Sorge!«, antwortete Clarissa. »Vormittags sind immer Leute hier. Die Menschen hier sind nicht vergessen keiner von ihnen.«

»Aber was ist mit Miriam? Mir kommt es seltsam vor, dass Bill nie seine Mum besucht, wo er doch nur wenige Meilen entfernt wohnt.«

»Er muss seine Gründe haben«, meinte Clarissa und schloss die Eingangstür auf. »Manchen fällt es sehr schwer, demenzkranke Eltern zu besuchen. Emotional, meine ich. Sie halten es schlecht aus, dass ihre Eltern so fremdartig werden.«

Sarah sah zu dem Außenlicht und bemerkte, dass es wieder zu schneien begonnen hatte.

Oh Gott …

Sie freute sich wahrlich nicht auf die Rückfahrt.

»Ah, da ist noch etwas«, sagte Clarissa. »Fast hätte ich vergessen, es Ihnen zu erzählen.«

Sarah knöpfte ihren Mantel fest zu und holte die Autoschlüssel hervor bereit, zu ihrem Wagen zu rennen.

»Vor ein paar Wochen hatte Miriam tatsächlich Besucher.«

»Ach ja?« Hier merkte Sarah auf.

»Ja, ziemlich unerwartet. Zwei Herren sie sagten, dass sie ihre Neffen seien kamen her, haben sich mit ihr hingesetzt und geredet. Oder es zumindest versucht.«

»Versucht?«

»Sie waren sehr geduldig, nahmen sich viel Zeit für sie und hatten ein paar Tassen Tee. Dabei haben sie ihr einige Fragen gestellt. Miriam war an dem Tag etwas gesprächiger.«

»Haben Sie gehört, was sie gesagt haben?«

»Nein, tut mir leid. Jedenfalls haben sie sich nach einer Weile verabschiedet und sind gegangen.«

»Wissen Sie zufällig die Namen?«, fragte Sarah.

»Nein, bedaure. Wir führen hier keine Besucherlisten.«

»Erinnern Sie sich an irgendetwas Auffälliges bei den beiden?«

Sarah sah, dass Clarissa nachdachte.

»Nein, eigentlich nicht«, antwortete sie. »Sie trugen beide Anzüge, allerdings alte und ziemlich verblichene. Und sie sahen sich sehr ähnlich. Beide kahl. Ah und das war komisch. Sie hatten beide Tattoos.«

»Ach ja? Was für Tattoos.«

»Ziemlich amateurhaft gemacht, um ehrlich zu sein«, antwortete Clarissa. »Die Sorte, wie Jugendliche sie mit einem Füller machen.«

»Können Sie die beschreiben?«

»Na ja, ich weiß nicht genau. Im Grunde waren es bloß … blaue Punkte. Ja, Punkte auf den Fingerknöcheln.«

Sarahs Herz schlug schneller.

Sie wusste sehr gut, was tätowierte Punkte auf den Fingerknöcheln bedeuteten.

Sie zeigten an, dass jemand gesessen hatte.

»Hm«, sagte Sarah und versuchte, sich nicht anmerken zu lassen, was sie dachte. »Seltsam. Tja, ich fahre dann mal lieber. Und nochmals danke, Clarissa!«

Sie schüttelte Clarissas Hand, ging zu ihrem Wagen und stieg ein.

Der Motor sprang auf Anhieb an, und während sie wartete, dass der Wagen wärmer wurde und das Gebläse endlich heiße Luft in den Innenraum pustete, dachte Sarah über die beiden Männer und deren Tattoos nach.

Warum besuchten zwei alte Exknackis Bills Mum und das nur ein paar Wochen vor Bills Verschwinden?

Und warum hatte Bill Armitage seinen Namen geändert?

Es wird immer kurioser, dachte Sarah und sah auf ihre Uhr.

Solange Grace mit Jack bei der Observierung war, könnte

Sarah ins Büro fahren und ein wenig online recherchieren. Immerhin hatte sie jetzt Bills richtigen Namen.

Sie legte den Gang ein und fuhr in die verschneite Nacht hinaus.

13. Die Observierung

Jack saß auf dem Beifahrersitz von Grace kleinem gelbem Mini und lauschte der Hip-Hop-Musik aus ihren Kopfhörern.

»Was meinst du?«, fragte Grace.

»Ist nichts gegen einzuwenden«, antwortete Jack und gab ihr die Kopfhörer zurück. »Obwohl ich, offen gesagt, einen eher altmodischen Geschmack habe. Tupac? Kanye? Lil Wayne?«

Grace lachte. Wahrscheinlich erriet sie, dass absolut *alles*, was Jack über solche Musik wusste, die Namen der Künstler waren.

Er nahm die Thermoskanne mit Kaffee, die Grace ihm mitgebracht hatte, aus dem Flaschenhalter und trank einen Schluck.

Immer noch kochend heiß.

Für einen Moment transportierte ihn diese Szene in eine andere Zeit zurück.

Zu anderen Observierungen auf den Straßen von New York, bei denen Thermoskannen allgegenwärtig gewesen waren.

Gleichzeitig überprüfte er, ob es in dem beleuchteten Wohnzimmer auf der gegenüberliegenden Straßenseite irgendwelche Anzeichen dafür gab, dass Emily Vokes weggehen wollte.

Doch abgesehen von einem Anruf, den sie gemacht hatte, rührte sie sich nicht.

Als würde sie auf etwas warten.

»Du steckst voller Überraschungen, Jack«, sagte Grace und packte ihren Player weg. »Ich dachte, dass du nur Lounge-Musik und Opern hörst.«

»Hey, nichts gegen Opern!«

»Oh Gott, ich hasse die! All die fetten Männer und kreischenden Frauen.«

»Du hast eindeutig noch nie die richtige Oper gehört«, erwiderte Jack. »Weißt du was? Wenn das nächste Mal etwas richtig Gutes im Royal Opera House läuft, besorge ich zwei Karten, vielleicht drei auch eine für Sarah. Und dann sehen wir mal, ob du wirklich keine Opern magst.«

»Na gut«, stimmte Grace zu. »Abgemacht.«

Jack bemerkte, dass sie sich plötzlich auf ihrem Sitz duckte.

»O-oh, Jack, sieh mal ...«

Sie zeigte zum Spiegel, und Jack richtete seinen eigenen so, dass er die Straße hinter sich sehen konnte.

Ungefähr dreißig Meter hinter dem Mini blieb ein Wagen mit ausgeschalteten Scheinwerfern am Straßenrand stehen.

»Gut beobachtet«, sagte er. »Bleib unten.«

Er wartete, wobei er hin und wieder einen Blick mit Grace wechselte. Sarah hielt ihre Assistentin am liebsten aus ihren Nachforschungen heraus, aber manchmal ließen sie sich doch von Grace helfen. Und immer erwies sie sich als außerordentlich wertvoll so wie jetzt. Zudem machte es ihr merklich Spaß.

»Da steigt jemand aus«, bemerkte Grace.

Jack konnte sehen, wie die Innenbeleuchtung des anderen Wagens für Sekunden aufflackerte und wieder ausging.

Dann war jemand auf der anderen Straßenseite.

Ein Mann in einem Mantel.

Der Mann stapfte durch den Schnee zu Emilys Gartenpforte.

Dort blieb er stehen und blickte sich auf der Straße um.

»Bleib unten«, wiederholte Jack. »Er kann uns nicht sehen. Nicht bei dieser Dunkelheit.«

Dennoch schien er sie direkt anzublicken, bevor er zu Emilys Haustür ging und die Klingel drückte.

»Oh mein Gott«, sagte Grace. »Sollten wir nicht rübergehen und ihr helfen?«

Jack beobachtete, wie die Haustür aufging und Emily einige Worte mit dem Mann wechselte. Dann trat sie zurück und ließ ihn ins Haus.

»Ich glaube nicht, dass sie uns braucht«, befand Jack. »Noch nicht.«

Er sah, wie der Mann das Wohnzimmer betrat, wo er stehen blieb und etwas sagte.

Daraufhin ging Emily ans Fenster und zog die Vorhänge fest zu.

»Na, wer hätte das gedacht?«, murmelte Jack.

»Wow!«, sagte Grace.

Emily hat den Fremden offensichtlich erwartet.

Das Geld. Der Fremde.

Da muss es einen Zusammenhang geben, dachte Jack.

Sarah trank von ihrem Tee und wartete darauf, dass ihr Computer endlich hochfuhr.

»Komm jetzt, mach schon …«

Sie hatte ihren Mantel gar nicht erst ausgezogen, und während sie in ihrem verlassenen Büro saß, fragte sie sich, wie Jack und Grace vorankamen.

Nur zehn Minuten online, mehr brauchte sie gar nicht.

Zehn Minuten, um herauszufinden, wer zum Teufel Bill Armitage war.

Emily Vokes Haustür öffnete sich.

Und der Mann kam heraus mit einem Koffer in der Hand, den Jack bereits kannte.

Emily folgte ihm und zog die Tür hinter sich zu.

»Na also«, sagte Jack.

»Was?«

Er sah zu Grace, während der Mann drüben stehen blieb und sich auf der Straße umschaute, ehe er zu seinem Wagen ging.

»Siehst du den Koffer, den er dabeihat?«

»Ja?«

»Der ist mit dem Geld vollgestopft, das Emily Vokes heute abgehoben hat.«

»Und du denkst, das hat mit Bill Vokes Verschwinden zu tun?«

Jack grinste. »Anscheinend guckst du dir einiges von Sarah ab. Ja, ich wette, dass es da einen Zusammenhang gibt.«

Beide saßen tief geduckt in dem Mini, und Jack beobachtete, wie der Mann seine hintere Wagentür öffnete und den Koffer hineinwarf.

Dann setzte er sich hinters Lenkrad, und Emily stieg auf der Beifahrerseite ein.

Fahren sie gemeinsam weg?, fragte Jack sich.

Wie passt das denn zusammen?

»Was machen wir jetzt?«, wollte Grace wissen.

Jack drehte sich zu ihr um. Ihm blieben nur Sekunden für eine Entscheidung.

»Grace, kannst du bitte aussteigen und mir deinen Wagen leihen, damit ich ihnen hinterherfahren kann? Bei einer Geschichte wie dieser muss man dem Geld folgen.«

»Das dich geradewegs zu Bill führt?«

Eine Rauchwolke stieg aus dem Auspuff des alten Ford Fiestas auf, als der Unbekannte den Motor startete. In Sekunden würde er losfahren.

»Okay, Jack. Aber das hier ist mein Auto, klar? Ich weiß, wie ich damit bei Schnee und Eis fahren muss. Außerdem …«

Jack nickte. »Willst du nichts verpassen?«

Sie grinste.

Und Jack lachte. Es blieb keine Zeit für Diskussionen.

»Okay. Fahr nicht zu dicht hinter ihnen her, und pass in den Kurven auf. Schön langsam und vorsichtig …«

»Jack, ich kenne diese Straßen im Winter! Ich bin in Cheringham geboren und aufgewachsen.«

Während der Mann seinen Ford aus der Parklücke steuerte und langsam an ihnen vorbeifuhr, als wollte er nun mit dem ganzen Geld im Wagen besonders vorsichtig sein, griff Grace nach unten, ließ den Mini an und legte den ersten Gang ein.

Die Jagd begann.

Und Jack musste zugeben, dass es sich merkwürdig anfühlte, auf dem Beifahrersitz zu sitzen, während Sarahs junge Assistentin dem Wagen zu folgen begann, der mit Bill Vokes Vermögen davonfuhr.

Ein Vermögen, von dem Jack nach wie vor nicht wusste, wie Bill dazu gekommen war.

Diese Information hoffte er von Sarah zu erhalten.

14. Die Wahrheit über Bill

Sarah beugte sich vor und betrachtete das körnige Bild einer digitalisierten Zeitungsseite. Aufgrund der alten Druckerschwärze wirkten die eingescannten Buchstaben recht verschwommen.

Und auf einmal war Bill Armitage da.

Einige Beiträge aus seiner Kindheit; eine Geburtsanzeige; die Namen der stolzen Mutter, Miriam, und des Dads, Ken, wurden erwähnt.

Ein paar Schul-Fußballspiele und ein »Preis für gute Mitarbeit im Unterricht«, der auf einer langen Liste von seiner Schule erwähnt wurde.

Allerdings änderte sich die alltäglich anmutende Lebensgeschichte, als er erwachsen wurde.

Ein polizeilicher Aktenvermerk wegen Ladendiebstahl, dann noch einer wegen einer Kneipenprügelei. Alles geringfügige Verstöße, auch wenn sich die Vorfälle in eine klare, gar nicht gute Richtung entwickelten.

Und dann jahrelang nichts.

Bis ... etwas Großes kam. Ein bewaffneter Raubüberfall auf ein Tresordepot in London, bei dem eine »beachtliche« Menge an Bargeld und Schmuck gestohlen wurde. Zwei Männer wurden zu jeweils fünfundzwanzig Jahren verurteilt. Bill und ein Auto waren darin verwickelt gewesen; er wurde wegen Komplizenschaft verknackt, kam jedoch mit einer vergleichsweise geringen Strafe davon. Man konnte ihm nicht nachweisen, dass er am Tatort gewesen war, deshalb bekam er nur fünf Jahre.

Und war wieder draußen.

Dann wie eine Vorahnung dessen, was jetzt geschah endeten die Einträge zu Bill Armitage.

Als wäre er irgendwann vom Erdboden verschluckt worden.

Was eindeutig nicht passiert war. Vielmehr war er mit einem Haufen Bargeld in die Cotswolds gekommen.

Und nun hatte Sarah eine recht gute Vorstellung von der wahren Herkunft jenes Geldes.

Noch ehe sie zu ihrem Telefon griff, um Jack anzurufen und bereit war, ihn zu treffen, wo immer er auch steckte , fügte Sarah die Puzzleteile zusammen.

Bill. Der Raubüberfall. Das Geld.

Und zwei Männer, die nun aus dem Gefängnis gekommen waren und nach Bill Armitage suchten.

Sie wollten ihr Geld.

Und entdeckten ihn, als er in einem kleinen Cotswolds-Dorf den Weihnachtsmann spielen wollte.

»Hoppla, Grace, du fährst hier auf Schnee und Eis!«

»Jack, der Mini Cooper ist fantastisch spursicher, weil er so tief liegt. Der hat keine Probleme mit …«

Als wollte der Wagen sie Lügen strafen, scherte das Heck in einer Kurve nach rechts aus und streifte eine von Schnee und Eiszapfen verkrustete Hecke.

»Ähm … Okay, ich fahre von jetzt an ein bisschen langsamer. Aber verlieren wollen wir sie auch nicht, oder?«

»Stimmt. Genauso wenig wie unser Leben.«

Wo immer die Straße gerade verlief, sah Jack den Wagen weiter vorn. Er nahm an, dass Grace und er weit genug weg waren, um keinen Verdacht zu erregen.

Die Strecke, die sie fuhren, war eine Abkürzung am alten Flugplatz vorbei, die viel von Pendlern genutzt wurde, ganz besonders im Feierabendverkehr.

Ein klobiger Range Rover überholte sie, als wäre herrlichstes Sommerwetter, und donnerte mit vollem Tempo davon.

Als sie zu einer Kreuzung gelangten, an der es zur Autobahn abging, wurde der Wagen vor ihnen langsamer.

»Okay, Grace … jetzt vorsichtig …«

»Ja, ich bremse schon.«

Der Wagen mit Emily und ihrem Geld bog nach rechts ab zum alten Flugplatz, auf dem inzwischen etliche kleine Lagerhäuser standen, die wahrscheinlich für die unterschiedlichsten Zwecke vermietet wurden.

Jack vermutete, dass sich hier auch Bill Vokes Werkstatt befand.

Wenn sie jetzt mit dem Mini Cooper ebenfalls die Abbiegung nahmen, würden sie ziemlich verdächtig wirken.

Deshalb berührte Jack kurz vor der Kreuzung Grace Arm und erklärte: »Warte an der Kreuzung. Wir wissen, wohin sie wollen. Lass ihnen etwas mehr Vorsprung und …«

Sein Handy läutete, und Jack zog es aus der Jackentasche.

»Sarah?«

»Jack, wo bist du? Ich habe Bills Geschichte ausgegraben, und ich glaube, dass ich weiß, was da gerade abläuft und was Bill passiert ist.«

Nachdem sie ihm kurz berichtet hatte, auf was sie gestoßen war, teilte Jack ihr mit, wo er im Augenblick war: kurz vor dem alten Fliegerstützpunkt, von wo aus einst Piloten in die Luftschlacht um England geschickt wurden.

»Okay, dann komme ich zu dir«, sagte sie. »Ich werde dich dort schon irgendwo finden. Ist Grace bei dir?«

»Ja, das war leider nicht verhandelbar«, antwortete er.

Sarah lachte, wurde aber gleich wieder ernst.

»Sei bitte vorsichtig, Jack! Es sind ein paar üble Leute in diese Geschichte verwickelt.«

Das hatte Jack sich bereits gedacht.

Und er verfolgte nicht zum ersten Mal zwielichtige Gestalten, die große Geldsummen kassierten.

Die sind selten Pfadfinder.

»Ich pass schon auf.«

Er nickte Grace zu, um ihr anzuzeigen, dass sie nun zum alten Flugplatz fahren konnte.

»Bis gleich«, verabschiedete er sich von Sarah und schaltete sein Telefon aus.

Sein Gefühl sagte ihm, dass bald alles auf die eine oder andere Weise enthüllt würde.

Sie passierten das kleine Wachhäuschen vorn am Tor, in dem der nichtsnutzige Wachmann an seinem Schreibtisch schlief.

So viel zur Sicherheit hier.

Grace wurde instinktiv langsamer.

»Mach die Scheinwerfer aus, Grace«, wies Jack sie an.

Und als sie zu ihm sah, bemerkte er, dass ihre Augen weit aufgerissen waren.

Ja, das ist alles spannend aber jetzt vielleicht auch ein klein wenig beängstigend.

Sie schaltete die Scheinwerfer aus. Der eh schon holprige Weg, dessen Asphalt seit Jahrzehnten nicht gewartet worden war und dementsprechend unzählige Löcher und Risse aufwies, wurde durch die vereisten Schneehubbel erst recht schwer befahrbar: Mit dem Mini kamen sie nur noch kriechend voran, und es fühlte sich an, als würden sie sich durch Mondkrater bewegen.

Der Weg war kaum zu erkennen, weshalb Grace noch langsamer wurde. Bis …

… Jack »Warte!« sagte.

Ein Stück weiter vorn parkte der Ford neben einer kleinen Lagerhalle, und die beiden Fenster des Gebäudes leuchteten gelblich.

Da drin sind Leute.

»Wir sind da«, stellte Jack fest. »Fahr nicht zu dicht ran.«

Er konnte zwei Gestalten ausmachen, die soeben aus dem Wagen gestiegen waren: Emily und den geheimnisvollen Mann mit dem Geldkoffer.

Grace hielt ihren Wagen an.

»Ist es hier okay?«

Jack nickte, den Blick auf die Szenerie vor ihnen gerichtet.

Licht schien auf, als die Tür zur Lagerhalle geöffnet wurde und die beiden dunklen Gestalten drinnen verschwanden.

Und kaum waren sie fort, verkündete Jack: »Okay. Ich sehe mir das mal an.«

»Du willst da hingehen? Ist das nicht gefährlich?«

Er musste zugeben, dass es das durchaus werden konnte. Doch in wenigen Minuten könnten der Mann, das Geld und Emily fort sein.

»Sarah ist bald hier. Sag ihr, dass sie bei dir bleiben soll, ja? Ich sehe mal, was ich tun kann. Und ich habe mein Handy dabei. Falls wir Alan brauchen, kann sie ihn anrufen.«

Er holte einmal tief Luft.

»Alles klar?«

Grace nickte.

Mutiges Mädchen, dachte er.

Dann öffnete er die Tür des Mini, worauf alle Wärme aus dem Fahrzeuginnern entwich. Draußen war es eiskalt, denn auf diesem großen Flugplatz konnte der beißende Nordwind ungehindert über den Boden fegen.

Nachdem er Grace zugenickt hatte, schloss Jack leise die Autotür und machte sich auf den Weg zum Lagerhaus.

»Okay, Grace, ich bin in fünf Minuten da«, sagte Sarah.

Sie gelangte zu der Kreuzung, von der aus es zum alten Luftwaffenstützpunkt ging, und plötzlich fiel ihr ein, dass in ihrer Kindheit von hier noch Flugzeuge abgeflogen waren.

Zumeist waren es kleine Privatmaschinen gewesen, wie etwa Cessnas, aber auch Frachtmaschinen von geringerer Größe.

Nachdem sie auf den Zufahrtsweg abgebogen war, konnte sie recht bald die Umrisse des winzigen Wagens ihrer Assistentin sehen.

Sarah stellte ihre Scheinwerfer aus und fuhr langsam neben den Mini.

Dort stieg sie aus und lief zur Fahrerseite von Grace Wagen.

»Sarah! Jack sagt, dass du hier warten sollst. Er gibt dir Bescheid, falls …«

Sarah nickte.

Typisch Jack.

Wenn es brenzlig wurde, versuchte er immer, sie rauszuhalten.

Allerdings dürfte er inzwischen begriffen haben, dass sie sich davon nie aufhalten ließ.

Wir sind ein Team, klar?, hatte sie ihn schon mehrfach erinnert.

»Danke, Grace! Ich gehe trotzdem dorthin. Und solltest du sehen, dass die anderen verschwinden, wir aber nicht …«

»Sarah, du machst mir Angst.«

»Ach, das wird nicht passieren. Sollte es aber dennoch geschehen, ruf Alan an, ja?«

Ihre Assistentin nickte.

Und Sarah ging eilig zu dem Gebäude, wobei sie ins Rutschen geriet und fast auf die eisigen Hubbel gestürzt wäre.

Jack war dort.

Und das reichte ihr als Grund, um sich zu beeilen.

15. Ein Deal für den Weihnachtsmann

Jack streckte sich zu einem der Fenster nach oben, das vor lauter Dreck nahezu undurchsichtig war.

Wenigstens Schemen konnte er drinnen erkennen.

Eine Frau. Sicher Emily. Zwei Männer … und ein dritter, der auf einem Stuhl saß. Eventuell gefesselt.

Er war schwer zu identifizieren, doch Jack nahm an, dass es Bill sein musste.

Und er erblickte auch einen Wagen, der durchs Fenster mehr wie ein großer dunkelblauer Schmierfleck aussah. Und obwohl er das Fahrzeug nur verzerrt und unscharf wahrnahm, konnte Jack erkennen, dass es sich um kein gewöhnliches Auto handelte. Das war kein altes Wrack, an dem Bill Vokes in seiner Freizeit herumbastelte.

Es war … etwas Besonderes.

Jack presste sein Ohr an die Scheibe womit er riskierte, entdeckt zu werden , konnte jedoch nichts von dem verstehen, was drinnen gesprochen wurde. Er hörte bloß ein Brummen, dann eine höhere Stimme gewiss Emily und einige undefinierbare Geräusche.

Was immer da drinnen stattfand Jack nahm an, dass es auf die eine oder andere Art bald zum Abschluss kommen würde.

Folglich hatte er keine Wahl.

Er entfernte sich von dem schmutzigen Fenster und ging zur Tür des Lagerhauses.

Einmal tief Luft holen.

Und dann ging er hinein.

Alle Augen richteten sich auf Jack, als er die kleine Halle betrat.

Und für einen Moment stand er einfach nur da.

»Wer ist das denn?«, fragte einer der Männer und drehte sich zu Emily um.

Der Kerl es war nicht der mit dem Koffer hatte die Fäuste geballt, als wollte er gleich auf Emily einprügeln.

»Ganz ruhig, mein Bester«, versuchte Jack ihn zu beschwichtigen. »Tun Sie nichts Unüberlegtes. Ich glaube, wir haben hier ein kleines Problem.«

Jack sah, wie der Mann mit dem Koffer langsam eine Hand oben zu seiner Jacke hob.

Hatte er dort etwas in der Innentasche? Vermutlich ja, und Jack konnte sich auch denken, was es war.

Eine unschöne Situation, dachte er.

»Sie auch«, sagte Jack zu dem Mann mit dem Koffer und fuhr mit seiner Hand in eine seiner Taschen … Um dem Kerl nicht zu viel Zeit zum Nachdenken zu geben, fragte Jack rasch: »Bill alles okay?«

Bill blickte auf.

Seine Augen waren eingefallen, sein Gesicht verquollen. Er war nicht nett behandelt worden.

Aber er lebte noch.

Dann stampfte der bullige Typ mit den geballten Fäusten auf Jack zu.

»Gehörst du zu diesem Arsch da? Dem Schwein, das uns verrotten ließ?«

Jack wusste nicht recht, worüber er redete …

Und in diesem Moment ging wieder die Tür auf.

Herein kam jemand, der, wie Jack annahm, etwas Licht in die ganze Geschichte bringen konnte was dringend nötig war.

Und was vielleicht sollten sie Glück haben helfen könnte, Bill Vokes lebend hier aus der Sache herauszubringen.

»Sam Miller?«, fragte Sarah den bulligen Kerl.

Der prompt erstarrte.

Dann wandte sie sich zu dem Mann mit dem Geld. »Und Bobby MacLeish, vermute ich?«

Als Nächstes schaute sie Jack an, von dem sie wusste, dass er nicht froh war, sie hier zu haben.

Doch ihn könnte sehr wohl interessieren, was sie nun sagen wollte.

Sie hatte die Fotos der beiden Männer gesehen. Inzwischen sahen sie älter und verlebter aus, waren aber dennoch wiederzuerkennen. Die beiden Ganoven von dem bewaffneten Überfall.

Und damit war klar, worum es hier ging.

»Okay«, sagte sie und stellte sich neben Jack.

Da fühle ich mich ein bisschen sicherer.

»Na gut. Also, Jungs, vor vielen Jahren habt ihr einen Raubüberfall durchgezogen. Aber dann ging alles schief. Bill kam relativ glimpflich davon, ihr beide jedoch wurdet für sehr lange Zeit eingebuchtet. Während ihr gesessen habt, wusstet ihr die ganze Zeit, dass Bill hier das ganze Geld hatte. Stimmts?«

»So in der Richtung«, antwortete MacLeish und trat nach vorn.

»Und nachdem ihr eure Zeit abgesessen hattet, habt ihr euch auf die Suche nach dem Geld gemacht. Und nach Bill Armitage. Aber der war verschwunden und zu Bill Vokes geworden.«

Sie bemerkte, wie sich Bills Augen weiteten. Er hatte es so gründlich hinbekommen, seine Identität zu verschleiern.

Bis heute.

Der bullige Typ Sam nickte. »Wir haben ihn am Ende doch noch ausfindig gemacht. Weil wir über diese alberne Weihnachtsmann-Nummer von ihm gestolpert sind. Wir mussten nur Geduld haben.«

»Um an das Geld zu kommen?«

»Allerdings! Wir haben für das Geld gesessen. Es steht uns zu!«

Der andere Kerl, MacLeish, schüttelte den Kopf und rüttelte mit dem Koffer. »Und das hier ist bloß ein Bruchteil. Der dämliche Mistkerl muss uns den Rest geben. Sonst …«

Nun war es an Bill, den Kopf zu schütteln.

»Das ist alles, was ich an Bargeld noch habe. Mehr ist nicht übrig geblieben.«

Während es so weiterging und über die Geldmenge gestritten wurde, sah Sarah, dass Jack alles beobachtete, sein Blick jedoch hin und wieder abschweifte …

Zu einem Auto.

Es stand hinten in dem Lagerhaus.

Der blitzblanke blaue Wagen sah merkwürdig aus. Er musste aus den 1930ern sein, und wahrscheinlich fuhr er nicht mal.

Trotzdem sah Jack immer wieder hin.

»Wir wollen das restliche Geld!«, verlangte Sam.

Dann blickte Jack zu Sarah.

»Okay, ich glaube, wir müssen hier einen kleinen Deal aushandeln, hm?«

Einen Deal?, dachte Sarah und wurde nervös. *Mit diesen Typen?*

»Also, Sie haben, wie viel, einhundert-, zweihunderttausend Pfund in dem Koffer?«

»Das ist bloß ein verfluchter Bruchteil von …«

Sarah sah, wie Jack eine Hand in die Höhe hielt.

»Und natürlich haben Sie beide obwohl Sie wahrscheinlich nach der langen Haftstrafe nur auf Bewährung draußen sind sich aufs Kidnapping verlegt, um an dieses Vermögen zu kommen.«

»Er hatte unser verdammtes Geld!«, empörte sich MacLeish.

»Ja, das habe ich verstanden. Auch wenn es in Wahrheit wohl kaum *Ihr* Geld ist.«

»Das war ein Tresordepot. Wir haben keine Bank ausgeraubt!«, erwiderte MacLeish.

»Da war Kram drin, der sowieso nicht legal war kapierst du?«, fragte Miller.

»Und was doch legal war, war ja wohl versichert, oder?«, ergänzte MacLeish. »Das haben die Leute ersetzt gekriegt. Keiner hat einen Verlust gemacht. Außer uns.«

»Wir wollen nichts weiter als den Rest von dem, was uns gehört«, sagte Miller. »Und zwar jetzt!«

Geht dies hier jetzt gleich gründlich schief, fragte Sarah sich. Würden die beiden mit dem Geld abhauen, Bill mitnehmen?

Oder passiert noch Schlimmeres?

Jack ging hinüber zu Bill. Emily stand neben ihm.

»Das ist das ganze Geld, das Sie noch haben, stimmts, Emily?«

Die eingeschüchterte Frau nickte und legte eine Hand auf Bills Schulter.

Dann wandte sich Jack wieder den beiden Männern zu: »Und ihr habt ein schweres Verbrechen begangen, um ein zweites Mal an das Geld zu kommen ...«

»Es gehört uns das sagen wir doch die ganze Zeit!«, erwiderte Sam.

Jack schüttelte den Kopf. »Ich denke, vor Gericht kommt Kidnapping nicht gut an. Aber ich sage euch was ...«

Sarah begriff, was Jack vorhatte. Bill war bei dem Raubüberfall glimpflich davongekommen und nur wegen Verschwörung zu einer Straftat verurteilt worden.

Wenn er aber die ganze Zeit das Geld besessen hatte und diesen beiden Typen half, könnte er immer noch ins Gefängnis kommen, und dann wäre es wohl für den Rest seines Lebens.

»Also, folgender Deal«, fuhr Jack fort. »Ihr nehmt das hier. Es ist immer noch eine Menge Geld. Ihr verschwindet, und im Gegenzug blühen euch keine Cops und kein Prozess. Eines wäre da allerdings noch: Ihr sagt nie niemals auch nur ein Wort über Bills Beteiligung.«

Sarah blickte erst auf Bill, dann auf seine Frau.

Ihre Augen glänzten. Sie musste gewusst haben, was Bill getan hatte, auch als er verschwand. Und sie hatte es für sich behalten.

Solch ein gefährliches Geheimnis.

»Ihr bekommt das ganze Bargeld, und Bill muss sich nie wieder wegen euch Sorgen machen.«

Jetzt war der Moment gekommen.

Sarah hielt beinahe die Luft an.

MacLeish sah zu Sam.

Sie hatten Geld. Eine Menge. Und es drohte ihnen keine neue Anklage.

Wenn sie verschwanden.

Sam räusperte sich.

»Na gut. Abgemacht.«

Doch er wandte sich noch einmal zu Bill. »Ich habe keinen Schimmer, wie zur Hölle du die ganze Kohle verbrannt hast, du …«

Sams Finger war direkt vor Bills Gesicht.

Jack machte einen Schritt nach vorn und drückte den massigen Arm hinunter.

»Ich denke, es ist jetzt Zeit für euren Abgang.«

Sam nickte mit seinem kahlen Eierkopf, und die beiden trotteten aus der Werkstatt.

Sarah und Emily standen stumm da, während Jack Bill losband.

Dann, als Jack zurücktrat, erhob sich Bill und umarmte Emily fest.

Sarah machte jedoch noch eine Frage zu schaffen.

All ihr Geld war weg? Wovon sollten sie jetzt leben?

Jack hingegen wirkte gänzlich unbesorgt.

Sarah gab Grace Bescheid, dass alles in Ordnung sei und sie bald herauskämen.

Und dann schien sich auch Emily in Gedanken mit der Frage zu beschäftigen, die Sarah durch den Kopf ging.

»Oh, Bill, dein Gesicht! Es ist ganz grün und blau. Ich habe mir solche Sorgen gemacht, aber jetzt …«

Nachdem ihr Mann in Sicherheit war, stellten sich andere Gedanken ein.

»All das schöne Geld, Bill. Es tut mir leid, Schatz. Ich musste es tun.«

»Ja, das musstest du, Süße«, sagte Bill. »Du hattest keine andere Wahl.«

»Das ganze Geld ist weg. Bis auf den letzten Penny.«

Und das schien zu stimmen.

Aber Jack ging an den anderen drei vorbei in den hinteren Bereich der kleinen Autowerkstatt, die Bill sich in dem Raum eingerichtet hatte.

Zu dem saphirblauen Wagen.

Er sah ihn sich eine ganze Weile an, bevor er sich umdrehte.

»Nicht alles Geld, Emily. Ich glaube, dafür war Bill zu klug. Die Typen haben zwar dieses ganze Bargeld, das ist wahr, aber Bill … Nun, Bill, möchten Sie nicht Emily erzählen, was wir uns hier ansehen?«

Bill drückte die Hände seiner Frau und wandte sich anschließend dem zu, was offensichtlich die zweite Liebe seines Lebens war.

Das blaue Auto.

»Ähm, tja. Emily, du weißt ja, ich und Autos …«

»Wem sagst du das! Die Stunden, die du mit dem Kopf in einem Motor vergeudet hast …«

»Tja, die Sache ist die: Dieses kleine Auto hier, an dem ich so viele Jahre gearbeitet habe, immer wieder ein bisschen … Nun, das ist ein 1936er Bugatti Roadster.«

»Ja, ja«, sagte Emily, die nicht begriff, was er damit andeutete. »Noch ein Auto, aber -«

»Ich habe lange gebraucht, um die exakt passenden Teile zu

bekommen, habe gefeilscht und mit Leuten auf der ganzen Welt verhandelt. Wahrscheinlich …« Bill strich ganz behutsam über die Kühlerhaube »… ist es eines von insgesamt dreien, die es noch gibt. Und dieses hier ist nach den vielen Arbeiten daran quasi in einem Topzustand.«

Jack nickte.

Sarah entging nicht, dass Jack verzückt war von diesem hübschen kleinen Wagen.

»Und in diesem Zustand ist es … rund eine Million, anderthalb Millionen Pfund wert?«, schätzte Jack.

Sarah und Emily machten große Augen.

»Kommt in etwa hin«, antwortete Bill. »Ich habe eine Menge von dem Geld verbraucht, hinter dem die zwei her waren, um dieses Auto so hinzubekommen.«

»Es ist eine Schönheit«, sagte Jack.

Und selbst Sarah betrachtete den Wagen nun in einem völlig neuen Licht. Er hatte wirklich etwas, sogar in dem dämmrigen Licht hier drinnen.

Dann jedoch ging Bill zur Wand und bediente einen Schalter.

Große Flutlichtlampen an der Decke gingen an, sodass es in dem Raum hell wie an einem Sommertag wurde. Und das blaue Metall des Bugattis leuchtete wirklich wie ein riesiger Saphir.

Sarah ging zu Bill, der wieder Emily bei den Händen hielt.

»Und das Beste ist, Bill«, sagte sie, »dass Cherringham seinen Weihnachtsmann wiederhat.«

Bill nickte lächelnd.

Jack kam zu ihnen.

»*Das Gute, das Menschen tun,* hm? Es zählt doch eine Menge, meinen Sie nicht?«, fragte er Bill.

»Ich tue, was ich kann«, antwortete Bill.

»Das weiß hier jeder«, sagte Jack. »Sehr lobenswert. Aber ich denke … vielleicht könnten Sie noch ein bisschen mehr tun.«

Sarah sah, dass Jack auf das Auto zeigte.

Bill starrte sein Werk an und atmete tief durch.

»Vielleicht haben Sie recht«, sagte er. »Er ist wunderschön, nicht? Aber was nützt er, wenn er hier unter einer Plane herumsteht?«

»Es ist eine Menge Geld«, meinte Jack.

»Mit dem man eine Menge Gutes tun könnte«, sagte Bill und legte einen Arm fest um Emilys Schultern.

Einige Momente lang standen sie nur stumm da im grellen Licht neben dem Sportwagen, bevor sie nach draußen gingen.

Immerhin war jetzt Weihnachtszeit.

Und es gab noch so viel zu erledigen.

Und bis zu den Feiertagen war es nicht mehr lange.

16. Heiligabend

»Wie hast du das alles in deiner winzigen Kombüse bewerkstelligt, Jack?«

Sarah sah ihren Dad strahlen.

Das Essen, das Jack ihnen serviert hatte, war wirklich fantastisch gewesen. Rinderbraten, Rosmarin-Kartoffeln, grüne Bohnen und geröstete Mandeln.

Sogar einen riesigen Mince Pie hatte es gegeben obwohl der natürlich von Huffingtons kam.

Ihre Kinder hatten alles verschlungen.

»Tja, ich musste tatsächlich ziemlich … strategisch planen.«

»Wie Nelson bei Trafalgar, hm?«, fragte Michael. »Das war mal eine Schlacht!«

Sarah blickte hinüber zu ihrer Mum, Helen, die ihr Sherry-Glas in der Hand hielt.

Und ein ganz klein wenig die Augen verdrehte.

Ihre Mum wusste wie sie alle , dass es nicht viel brauchte, um Michael einen Anlass zu geben, jedes Gespräch auf die eine oder andere historische Schlacht zu lenken. Die meisten von ihnen hatte er auch schon in dem kleinen Extrazimmer bei sich zu Hause mit seinen sorgfältig bemalten Spielzeugsoldaten nachgestellt.

Im Schein der Kerzen und der bunten Lichterketten, die Jack an den Wänden aufgehängt hatte, betrachtete Sarah ihre Eltern.

Das Licht war perfekt, und ihre Gesichter waren gerötet von dem guten Essen und Wein.

Die beiden sehen aus wie der Inbegriff der Gesundheit.

Aber das würde nicht ewig so bleiben, nicht wahr?

Wie viele Weihnachten mit der ganzen Familie werden wir wohl noch erleben?

Sie dachte an Bills Mutter drüben im Heim in Chipping Norton. Doch dann erinnerte sie sich daran, dass *dieser* Moment der einzig entscheidende war der Augenblick hier und jetzt.

Und während sie an ihrem Sherry nippte, genoss sie einfach das warme Gefühl, bei ihrer Familie und solch einem guten Freund zu sein.

Sie alle bedeuteten ihr so viel.

»Zeit für Geschenke, würde ich meinen«, verkündete Jack.

Eine halbe Stunde später quoll der Couchtisch über von Geschenken, die ein jeder von ihnen erhalten und gegeben hatte. Bücher, Flaschen, Lederhandschuhe, ein Marine-Kompass und einige Soldatenfiguren sogar ein bisschen hübscher Schmuck für Chloe.

Jeder bewunderte seine Schätze.

»Ah, wisst ihr was? Ich glaube, ich habe noch eines.«

Mit diesen Worten griff Jack zu einem kleinen Beistelltisch neben seinem Tannenbaum und nahm ein letztes Päckchen auf.

»Ich wusste doch, dass hier noch eines ist«, sagte er mit einem breiten Grinsen.

Er drückte es Sarah in die Hand. Es war rechteckig.

Geschenke auszupacken war immer wieder klasse. Die Aufregung, die Neugier, weil man nicht ahnte, was in der Verpackung sein mochte. Wie ihre Tochter nahm auch Sarah sich Zeit für das Auspacken, kostete förmlich jeden Bandkringel, jedes Stückchen Klebeband aus, wenn sie es entfernte. Und jetzt kam eine Schachtel zum Vorschein. Sie war ein wenig angestoßen an den Ecken und keine vier Zentimeter hoch.

Ihr war klar, dass bei diesem letzten Geschenk alle Augen auf sie gerichtet waren.

»Findest du nicht, du solltest das mal aufmachen, Detective?«, fragte Jack. »Und das Rätsel lösen?«

»Weißt du, Jack, manchmal ist das Rätsel selbst der größte Spaß.«

Jack neigte sein Glas in ihre Richtung.

»Dem stimme ich voll und ganz zu.«

Doch schließlich hob sie den Deckel der Schachtel an und sah …

Eine Lupe …

Sarah nahm sie heraus, hielt sie in die Höhe und bewunderte den schweren Silbergriff und das gewölbte Glas …

Sie begriff sofort.

Das Geschenk passte perfekt zum klassischen Bild jenes berühmten britischen Privatdetektivs: Sherlock Holmes, der die Lupe an sein Auge hob, um Spuren zu entdecken und zu entschlüsseln.

Es ist fantastisch.

»Oh, Jack, die ist großartig!«

Dann bemerkte sie, dass auf dem Silbergriff etwas eingraviert war.

»Latein?«, fragte sie. »Ich fürchte, ich …«

»Schon okay«, sagte Jack. »Das habe ich vier Jahre bei den Jesuiten gelernt, also sollte ich es verstehen.«

Er atmete tief ein.

»*Non iustus respicere. Vide.* Gut, das heißt: ›Schau nicht nur hin. Sieh hin.‹«

Richtig, dachte sie. *Wie wichtig das ist!*

Sarah stand auf, ging hinüber zu Jack und gab ihm … nun ja, sie nahm an, es war die dickste Umarmung, die sie jemals jemandem gegeben hatte.

»Vielen Dank! Welch weise Worte!«

Und als sie sich am Tisch umsah, wurde ihr bewusst, dass sich diese Worte auf alles im Leben beziehen ließen nicht nur auf die Aufklärung von Verbrechen.

Es war fast Mitternacht, als ihr Vater aufstand.

»Ein Toast, Leute.«

Es wurde brav nachgeschenkt. Anschließend erhoben sich alle im kleinen Wohnraum der *Grey Goose* und hielten ihre Gläser in die Höhe.

»An jeden fröhliche Weihnachten!«

Und wie es wohl schon seit tausend Jahren an englischen Weihnachtsfesten Brauch war, stießen sie an und sprachen im Chor:

»Fröhliche Weihnachten an alle!«